猫は幸福で出来ている

きたざわ尋子

白泉社花丸文庫

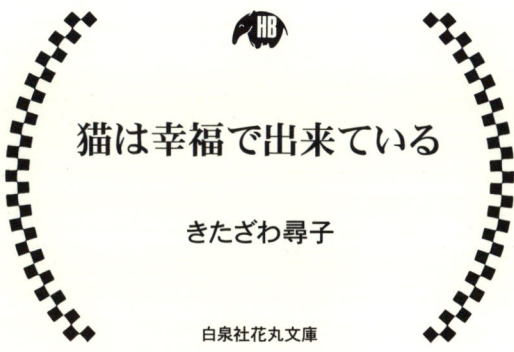

猫は幸福で出来ている　もくじ

イラスト／紺野《こんの》けい子《こ》

「なんだよ、これは」

差しだした預金通帳と印鑑《いんかん》を見て、男は怪訝《けげん》そうに眉《まゆ》をひそめた。

たとえそんな顔をしていても、実に絵になる男だ。松谷幸《まつたにみゆき》はあらためてそう思った。目を引きつける顔立ちは端整《たんせい》にして精悍《せいかん》。切れ長の目に高い鼻梁《びりょう》、引き締まった男らしい厚めの唇が野性味を醸《かも》しだしている。かなりの長身と、それに見あった体格のせいもあり、やたらと迫力を感じさせた。だがそれはけっして柄《がら》が悪いという意味ではなく、あくまで「迫力がある」なのだ。それでいて知的で洗練された雰囲気もあって、粗野《そや》な感じはしない。

男の名は伊原克峻《いはらかつとし》といった。年齢は三十歳。少し前から幸の恋人になった男だ。いや、なったというのは少しおこがましい気がする。相手に不自由しないこの男が、なにを思ったのか幸のような子供を恋人にしてくれたのだ。

そう、見た目は二十歳すぎに見られる幸だが、実際にはまだ十七歳で、学校に通っていれば高校二年生だ。いろいろと事情があって退学してしまい、唯一《ゆいいつ》の肉親である母親とも別々に生きていくことを決め、今は伊原の世話になっている。

その伊原は、黙っている幸に焦《じ》れた様子で、デスクにぽんと通帳を放りだした。

この事務所は常に整頓《せいとん》と掃除が行き届いていて、今もデスクには埃《ほこり》ひとつない。伊原がきれい好きというわけではなく、きちんと毎日掃除をする人間がいるからだった。

「で？　これはなんだって？」

「預金通帳」

「そんなものは見ればわかる」

「だからさ、そこから俺の生活費とか、いろいろ引いてよ。今までの分とかも入れて。足りるよね？」

　幸の言葉は予想通りだったらしく、伊原はまったく表情を変えずにふんと鼻を鳴らし、男らしくてきれいな指先で、すっと通帳を戻してきた。

　これもまた幸にしてみれば予想通りだ。簡単に受けとってくれるとは、最初から思っていなかった。

「いらん。余計なことは考えるな」

「だって……！」

「俺がおまえの保護者ってのは、法的にも認められてる。で、おまえは未成年だ。俺が生活の面倒《めんどう》見るのは当然だろうが」

「けど、普通じゃないよ。親戚《しんせき》でもなんでもないし」

　最初はただのなりゆきだった。伊原は幸の事情を知り、放っておけなくなっただけだ。けれどもただそばに置いておくほどストイックでもなかった。

　そして幸も、居心地《いごこち》のいいここを出ていけるほど、気持ちと体力に余裕がなかった。

ようするに伊原は迷い猫を拾ったようなものだった。そして拾った猫が、そのまま居着《いつ》いてしまったのだ。

そして、もちろん幸は本当の猫ではなくて人間なので、ストイックではない男とのあいだに、恋だの欲だのが芽生《めば》えてしまったわけだ。

「伊原さんと俺って、そういう関係だろ」

「それが？」

「だから……なんかさ、まるで援交《えんこう》……みたいじゃん」

あまり口にしたくない言葉だったから、つい言葉は尻《しり》すぼみになる。

自分と金を引き替えにするような真似を、幸はかねてより否定はしなかった。かといって肯定《こうてい》もしていなかった。そういった行為に及《およ》んでいるのは、幸とは無関係の者たちだったから、なんだろうと好きにすればいいと考えてきたのだ。

だが自分自身のこととなればまた話は別だ。

伊原はふんと鼻で笑った。

「援交なんかした覚えはないな」

「でもさ」

「ここへ連れてきたのは確かになりゆきだった。うっかり手を出した俺が悪い。だから泊めたのは当然のことだろ？　やった後、すぐ放りだすほど俺は薄情《はくじょう》じゃないし、具合を悪くさせた責任を取ったまでだ」

「けど……」

「その後は、俺が引き留《と》めたかったっていうだけの話だ。おまえの身体となにかを交換条件にした覚えはいっさいない」

語調の強さに、幸は口にしようとしていた言葉を呑《の》みこんだ。伊原は怒っているわけではないが、援助交際は明らかに言葉が過ぎたらしいと悟《さと》った。

違う。訴えたかったのはそこじゃなかったのに、話しているうちに微妙にずれてしまっていた。

「ごめん。そうじゃなくて、俺が言いたかったのは……」

「経緯《いきさつ》はどうあれ、俺はおまえの養育者なんだ。ま、恋人でもあるんだが、それとは切り離して考えろ」

「でも伊原さん。それは俺をそばに置くための処置でしょ？　恋人だから、保護者になったわけじゃん？」

「ややこしいこと考えるなよ」

今日一番の大きな溜《た》め息を吐《は》きだし、伊原はちらりと時計を見やった。

「もう時間だ。樹利《じゅり》と約束してるんだろ？」

「そうだけど……」

「俺も仕事だ。十一時から客が来る」

それを言われてしまっては、引かざるをえなくなる。もちろん自分の約束も疎《おろそ》かにはできなかった。

「わかった。じゃとりあえず行くけど、それ預かっといて」

「おい」

「だってそんなの持って買いもの行きたくねーじゃん」

幸はさっとデスクから離れ、通帳を置いたまま出ていく。すると呆《あき》れたような伊原の声が、背中を追ってきた。

「よく言うよ。全財産持ち歩いてたやつは誰だ」

最後まで聞かずにドアを閉め、幸はほっと息をつく。

まったくもってその通りだ。印鑑は別に保管していたが、伊原の部屋に落ち着くまで、通帳は常に持ち歩いていたのだから。

幸は階段を上がり、このビルの上から二つめのフロアに立った。最上階のペントハウスふうの部屋に幸は伊原と住んでいるのだが、こちらのフロアにも住戸が二つあり、これから一緒に出かける嶋村《しまむら》樹利が片方を使っている。

インターフォンを押すと、ややあって内からドアが開いた。

まだ顔も洗っていないんじゃないかという眠そうな顔だ。グレイのスエットの上下に、ぼさぼさの金髪。よく見ると髪は根本が黒い。耳にはいつものようにいくつもピアスがつけられているが、指のリングは外してあった。

普段より男前度は三割減だ。

「おはよー、樹利さん。やっぱまだ寝てたんだ？」

「いや、起きてたんだけどさ。なんかぼーっとしてちゃってた。待っててね。すぐ着替えるからさ」

「うん」

幸は開けたままのドアにもたれ、樹利の支度《したく》を待った。

待っていたのはほんの十分程度だ。どうやら眠そうだったのは顔だけで、洗顔などはすでにすませてあったらしい。

「お待たせー」

身支度を調《ととの》えて現れた樹利は、やけに機嫌《きげん》がよさそうだ。朝に弱く、典型的な宵《よい》っ張《ぱ》りの彼にしては珍しいことだった。

並ぶと幸は頭半分ほど高い樹利を見上げなくてはならなかった。樹利は伊原ほどではないが、それなりの長身だ。だが伊原のような威圧感《いあつかん》がないのは、すらりとした体格のせいもあるだろうが、やはり本人が持つ雰囲気というものが大きい。

「なんかハイだね」

「徹夜《てつや》したからかな」

「えっ？」

「いや、ゆうべ……っていうか今朝なんだけど、六時すぎまで営業しちゃってさぁ。寝たら絶対起きらんないと思って起きてたの」

けらけらと樹利は笑う。やはり妙《みょう》なテンションだった。

彼はこのビルの二階で飲食店を切《き》り盛《も》りしているのだが、営業時間は実に適当で、その日の気分で大きく変わる。最近は夜中までやっていることも多いらしいが、さすがに朝までというのは初めてではないだろうか。

「盛り上がっちゃったの？」

「そう。たぶん五階と隣《となり》も徹夜したんじゃないのかな。つーか、やつら家帰ったのかな」

樹利が言うところの五階とはデザイン事務所の社長を指《さ》し、隣とは同じフロアにある法律事務所の弁護士を指す。樹利の店に来る客は、同じビルにオフィスをかまえている者か、近隣《きんりん》の知人しかいない。店は看板を出していないので、ふらりと見知らぬひとが入ってくることはまずないのだ。あったとしても、入り口で躊躇《ちゅうちょ》するだろう。なぜならば、樹利が先頃、ドアにところに小さく〈関係者以外立ち入り禁止〉などというプレートをつけてしまったからだ。

ありえない、と思った。客を拒《こば》むなんて、商売としてありえない。かつてダーツバーでアルバイトをしていた幸には、樹利の姿勢は信じられないものだった。商売っけがないという問題ではなく、やる気がないとしか思えない。

樹利はかつて有名予備校の講師だったが、教え子の女子高生二人に手を出した挙げ句《あく》にそれが盛大《せいだい》にバレ、退職を余儀《よぎ》なくされた。今はほとぼりが冷めるのを待ちつつ、伊原から家賃ゼロで借りている店をやっているのだ。

そう、店だけでなく、ビル自体が伊原のもので、幸たちは彼の好意に甘えて生活しているのだった。

「超いい天気」

樹利が言うように、今日は晴天。日差しが眩《まぶ》しく、次の季節を感じさせた。いや、暦《こよみ》の上ではとっくに移っているはずだった。

「なんか今日やけに暑いね。夏が近いって感じしてきた」

「うん」

「さて。ここで問題です。麦秋《ばくしゅう》とは、いつの季語でしょう」

いきなりのことに面《めん》くらいながらも、幸は言葉を頭の中で繰りかえした。

「ばくしゅう？　あ、麦秋か。はーい、わかりました、こないだ見た。ちょうど今の季語です」

「正解」

パチパチと拍手をもらい、ほっとする。高校に通っていない幸は、樹利に勉強を教えてもらっているのだ。優秀だと樹利が自負《じふ》しているだけあり、幸にとってもいい家庭教師だった。

樹利にとっては、住まいの家賃免除《めんじょ》のための教師役だ。つまりここでも幸は伊原に金銭的負担《ふたん》をかけていることになるのだ。

「……あのさ、樹利さんは今の状態に疑問とか感じねーの？」

思いきって言うと、樹利はきょとんと首を傾《かし》げた。

「疑問？」

「うん。疑問っていうか、これはどうなんだろうっていう意識というか。わりとお互い伊原さんに頼っちゃってるだろ？」

「別に俺、克さんなんかに頼ってないよ？」

「え……」

予想外の答えだった。てっきりまず同意が返り、それから樹利なりの考え――現状なり今後のことなり――を言ってくれると思っていたのに。

唖然《あぜん》とし、幸は次の言葉が出てこなかった。

「まぁそりゃね、確かに家賃は払ってないよ。家も店もさ。だから甘えてはいるんだろうけど、頼ってるわけじゃないし」

「それって同じじゃないの？」

「違うでしょ」

軽い口調で返されて、幸は眉間《みけん》に縦皺《たてじわ》を寄せる。なんだかにわかには納得できない。幸にとって、その二つは同義語なのだ。

「あー、ほらほら。それダメよ。笑って笑って」

「……は？」

「眉間に縦皺できてるってば。せっかくきれいな顔なんだから、もったいないでしょ。ま、どんな顔してたって美人さんは美人さんだけど、やっぱ笑ったり、ほわんとしてたほうが、見てて和《なご》むじゃない」

樹利は大真面目らしい。表情や言い方こそ真剣さを押しだしていないが、からかっているわけじゃないのは幸にもわかった。

顔のことは、これまでもよく言われてきた。小さな頃はまず可愛いと褒《ほ》められ、ある程度育ってからは、きれいな顔だと感心された。格好いいと言ってくれる女の子もたまにいたが、顔立ちが中性的なので、やはりきれいという言葉を使われることが多かった。よくできた人形のようだと言われたこともあった。

街でスカウトに声をかけられたことも何度かある。顔が小さいねとか、ちょっと猫っぽい目が印象的だねとか、もしかしてハーフじゃないか、とか。幸はもともと色も白いし、髪も瞳も茶色っぽいから、そう思われることがあるのだ。

「和むとか言われたのは初めてだよ」

「ムラムラするって言われたほうが多かった？」

「……樹利さん……」

自然と声が低くなった。樹利に悪気《わるぎ》はないのだろうが、言われて嬉しい内容ではない。真実に近いだけになおさらだ。直接そういう言葉を向けられたわけではなかったが、同性から何度もナンパされたり誘《さそ》われたりしたのは事実だし、襲われかけたこともあった。そして伊原からは、婉曲的《えんきょくてき》な表現で何回もそれを言われている。

「今日は俺が一緒だから大丈夫」

「別に心配してなかったよ」

昼間にちょっと買いものに出るだけのことだ。ランチを取って、樹利が服を買うというのにつきあって、夜の営業のための材料を買って帰る。そんなわけで、樹利の店は本日十六時からの営業となっていた。

買いものから帰ったら、ずんどう鍋《なべ》いっぱいに、おでんを煮るのが今日の幸の仕事である。といっても、大根は朝のうちに下ごしらえをし、ある程度煮こんできたのだが。

「基本的に大根と玉子とこんにゃくあたりでいいよ。練りものって高いから」

店主のいい加減さは、食事メニューに対してもいかんなく発揮《はっき》されている。素人《しろうと》の幸が作ったカレーだのロールキャベツだのシチューだのを、ありえない価格で常連客――しかいないのだが――に提供しているのだ。店はすっかりビル関係者専用食堂と化していて、毎日入《い》り浸《びた》っている連中は文句も言わずにそれを食べていた。

「でも、やっぱりそれは寂《さび》しいし、みんな怒るよ」

「いやなら食べなきゃいいんですー」

「ありえないから、その発言」

「おでんだから、今日は日本酒か焼酎《しょうちゅう》つきにしよーっと」

樹利は幸の呟《つぶや》きを完全に流し、セットドリンクを決めていた。あの店は本来カフェバーなのだが、常連しかいないので、今やよくわからない営業形態の店へと変貌《へんぼう》を遂《と》げている。

そんな店で、幸の立場を一言《ひとこと》で表すのは難しかった。従業員ではないし客でもない。フードメニューを作ったり、ドリンクなど運んだりはするが、アルバイト代はもらっておらず、代わりに飲食代も払っていない。

そして接客のないときは、カウンター越しに樹利から勉強を教わっているのだ。

だがそんなことを気にしているのは自分だけだということも、幸はわかっていた。

「お、あの猫って、最近うちのあたりで寝てる子じゃない？」

樹利が指さす方向へ、幸は目を向けた。

とあるマンションの植えこみのところに、一匹の猫が寝ていた。全体的には白く、足の先のほうだけ黒いその姿は、まるで黒いソックスをはいているようで、確かに見覚えのある猫だった。二週間くらい前からよく見るようになったのだが、どこの猫かは知らない。赤い首輪をしているし毛並みもきれいだし、かなり人なつっこいので、どこかで飼われているのは確かだろう。

じっと見ていると、樹利がくすりと笑った。

「もしかして猫好き？　欲しい、飼いたい……って言ったら、克さん許してくれるんじゃないかな」

「好きだけど、欲しいってわけじゃ」

「でもすごいガン見してたよ」

「いや……そういう意味じゃなくて、なんていうか……ちょっと親近感持ってただけ」

「可愛い屋さんなところが？」

「違うよ！」

とんでもない切り返しをされて、思わず大きな声を出してしまった。とはいえ靖国《やすくに》通りに出たところだったので、行《い》き交《か》う車のおかげでさほど声は遠くまで通らなかったようだ。

「じゃ、なに？」

「愛嬌《あいきょう》振りまいてエサもらって生きてるってとこが同じだなって」

「なに言ってんの。ペットは家族だよ。扶養《ふよう》するのは当然でしょ。でもってさっきも言ったけど、可愛いのが仕事なんだよ。で、君は勉強するのが仕事なの。ほら、猫も幸ちゃんも、毎日仕事やってるじゃん」

兄弟して同じことを言っている。実は昨日、樹利の兄にも「今は勉強」だと言われたところだったのだ。

「それに、うちの店のことだってしてくれてるじゃん」

「あれは勉強教えてもらってるから」

「なに言ってんの。そもそも俺が勉強教えてんのは、家賃チャラの代わりじゃん。ま、半分は趣味だけど」

「そうなんだけど……。なんか伊原さんに負担ばっかかけてるよなぁ」

「かけてるとしても金銭的なことだけだし、あのひとって金持ってても他に上手い使い方知らないから、いいんじゃないの。幸ちゃんに使ったほうが、有効ってもんだよ。それに幸ちゃんが来てから、克さんが行儀《ぎょうぎ》よくなった……って兄貴は喜んでるし」

「それは……」

幸は小さく嘆息《たんそく》した。

行儀というのは、つまり下半身の問題なのだろう。以前の伊原は、不特定多数の相手と関係を持っており、その場合の連れこみ先としてあのペントハウスを使っていたという。

そして住まいは別の場所にあった。寝る相手は、女だったり男だったり、一回きりの名前も知らない相手だったりと、かなり無節操《むせっそう》だったようだ。

おそらくあのビルの関係者にとって、不特定多数の人間が出入りする状況は好《この》ましくなかったのだ。彼らは一様《いちよう》にあの場所に愛着を持っていて、奇妙な結束力《けっそくりょく》がある分、実はとても排他的《はいたてき》な一面もあった。だがビルオーナーのやることなので仕方なく享受《きょうじゅ》していたのだろう。

彼らが幸と伊原の関係について理解があるのも、そのあたりが多少なりとも影響していそうだ。新宿二丁目にほど近い場所だし、デザイン事務所の社長はゲイで弁護士はバイだと公言しているので、本当に多少なのだろうが。

「ほんっと真面目だよなぁ」

感心しているのか呆《あき》れているのか、樹利はそう呟いたきりなにも言わなかった。

「援交ねぇ……」

呟いた嶋村有純《あずみ》はしばらく眉間に皺を寄せていたが、やがてふっと力を抜いて苦笑を浮かべた。

そこにあるのは好意的な感情だ。幸の考えだとか行動だとかを、有純が微笑《ほほえ》ましく、あるいは好ましく思っているのは間違いなかった。

有純は最初から幸に対して好意的だった。彼曰《いわ》く、運命を感じた……らしいが、そこに恋愛や性的な意味はなく、ようするに身内的感情が一目《ひとめ》で湧《わ》いたということのようだ。そのあたりのカンを有純は外したことがない。あるいはそう思った相手には、誠心誠意《せいしんせいい》尽くすからかもしれないが。

「そういえば昨日も、ブツブツなにか言ってたっけ。きっと心苦しいってやつなんだろうけど」

「心苦しい、ねぇ……」

「今は勉強しなさいって言っておいたんだけど、納得できないみたいだね」

「らしいな」

有純はハンディモップを動かしながら、歌うように楽しげに言った。

「そこで『愛人』とか『囲われてる』とかいう表現が出てこないとこが、らしくていいよねぇ。大人っぽいとこあるし、しっかりしてるけど、やっぱり子供なんだなぁ」

「子供を強調するな」

「あれ、一応気にしてるんだ？　へぇ、意外」

ちらりと送ってくる視線は、どこからどう見ても上からのものだった。

有純は伊原より三つ上の三十三歳。しかしながら見た目は二十代で、伊原よりも遙《はる》かに若く見える。ソフトな雰囲気が売り……とは本人の談だが、確かに優しげな顔立ちをしており、女性からも実によくもてる。ただしかつての伊原とは違い、遊ぶときにも慎重《しんちょう》で、自分のテリトリーであるここには一度も近づかせたことはない。

「別に気にしてるわけじゃない。十七だろうが二十歳だろうが、気持ち的には変わらないしな。ただ、一部考慮《こうりょ》しなきゃならんだけだ」

「まぁ、特に対外的にね」

「そういうこと」

十七歳との肉体関係こみの恋愛は、法的なところで引っかかってしまう。知られたところで幸の親は訴えたりしないだろうが、気をつけるに越したことはない。そのために伊原は以前住んでいたマンションの一室をそのままにしてあるのだ。ここで一緒に暮らしているわけではない、という形を作るために。

「ま、いいんじゃないですか。僕としては、二人っきりのときにも考慮してあげてほしいんだけど」

「基本的にはしてるだろうが」

「そこだよ、そこ。基本的にはしてると思うんだけど、それはいい年した大人として当然のことでしょう。問題は、ときどきタガが外れることなんだけど、もちろん自覚してるんだよね？」

ハンディモップでびしっと指され、伊原は嘆息《たんそく》する。

この男にはどうしても逆《さか》らえないものがある。生まれたときから近くにいて、まだ身体的に大きな差がある時分《じぶん》にしっかり頭を押さえつけられてきたから、この年になってもそれを覆《くつがえ》せずにいるのだ。

「一応」

「よろしい。セックスするなとは言わないけど、起きあがれないほどするのはいかがなものかと思うし、変なプレイは言語道断《ごんごどうだん》」

「俺がいつ変なプレイをした」

「いくら僕でも克峻の嗜好《しこう》までは知らないからね。念のために注意しただけ。ないならいいよ。とにかく相手はまだ十代なんだから、節度《せつど》ってものを考えるように」

「はいはい。まったく三十も過ぎて説教されるとは思わなかったな。しかもシモの話で」

「大事なことでしょうが。相手は思春期だよ」

「わかってるよ」

短く言って、伊原はこの会話を打ち切った。余計なことを言えば言うだけ会話が長引くのは目に見えている。

いくら大人っぽく見えようと、かなりしっかりした性格だろうと、幸は少年と言われる年頃だ。ふとした折《おり》にそれを強く感じる。しかしながら肌をあわせているときには忘れがちなのだ。いちいち相手の年を頭に浮かべているわけでもないし、少年とは思えない色香《いろか》を放つせいかもしれない。

「で？　どうするの？　なにか仕事させる気はあるの？」

「仕事なら樹利のところでメシ作ったりウエイターやったりしてるだろうが」

「ああ、あれね。なんか幸ちゃん的に、働いてる気がしないんだってさ。ま、あそこの雰囲気じゃ、確かにお手伝い感覚になっちゃうだろうけど。僕のアシストも同じだね」

「まぁな」

「本当は、家のことも自分でやりたいんだろうな」

今度は有純の言葉に同意を示さず、伊原は報告書作成のためにパソコンを見つめていた。口に出しはしなかったが、同意見ではあった。幸は有純の仕事を取ってはいけないと思い、子供の手伝い程度のことしかしないのだ。

一年ほど前まで医者として大病院に勤めていた有純は、いまや伊原の家と事務所のお手伝いさんだ。もったいない、とは誰もが思うところだろうが、本人は現状に満足していて、毎日楽しそうで、医者をやっていたときよりもずっと生き生きしている。だからこそ、伊原も家のことはもういいと言えないでいるし、有純も譲《ゆず》らないのだろう。

「もっと甘えちゃえばいいのにね。してもらって当たり前の子も多いってのに、あの子はどうしていいかわからなくなっちゃうみたいだな。ま、幸ちゃんらしいと言えばらしいいんだけど」

「……事務所の電話番でもさせるか。客が来てるときだけ呼んで」

「あ、それいいんじゃない？　待ってるあいだは勉強してればいいんだし、目も届くから克峻も安心だろ」

「心配なんかするか。下の店じゃ、なにも起きようがないだろうが」

常に何人か常連客がいるし、樹利は基本的に店から出ない。中にはふざけて幸を口説《くど》こうとする者もいるが、あくまでふざけているだけだ。伊原とのことを知っているので本気ではない。

「見飽《みあ》きた顔ばかりだしな」

「それがさ、新顔が入るみたいだよ」

「新顔？」

「デザイン事務所が見習い採《と》ったんだって。社員扱《あつか》いだって言ってた。今度から連れてくるんじゃないかな」

「へぇ……」

初めて聞く話だった。テナントの責任者ならばともかく、そこの雇用《こよう》対象まで伊原が知るはずもない。この手の話に一番詳《くわ》しいのは樹利で、話はすぐに有純へとまわり、そこから伊原のところへ来るのだ。

「樹利にチェックさせるよ」

「ああ。じゃ、ちょっと出てくる」

あらかじめ予定として伝えてあったことなので、有純は軽く返事をしつつ伊原を見送った。掃除が終わったら、渡してあるキーで施錠《せじょう》しておいてくれることだろう。

エレベーターは使わずに階段で下り、外へ出る。

夏の気配を強く感じた。


時計の針がカチリと七時を指すと、樹利の視線が黙って幸に向けられた。

「もういいよ」

「はーい」

幸はおでんを皿に盛り、縁《ふち》のところに和がらしをつけてカウンターに置いた。これをテーブルに運んでから帰ろうと思った。

客は店内に四人だけだが、これから少しずつまた増えていくはずだ。本当にここは、常連客にとって居心地のいい場所らしい。

ここに集まる人間たちは、仲間意識はかなりのものなのに馴《な》れあわない。互いにある程度の距離感を保っているが、遠慮はない。そういった温度だとかスタンスだとかが心地いいのだろうということは理解できた。

「お待たせしました。えーと、こっちが黒霧島《くろきりしま》のロックで、こっちが閻魔《えんま》です」

樹利から言われたとおりに二種類の焼酎と二皿のおでんを置き、幸はにこりと客たちに笑みを向けた。ずっとダーツバーで働いていたので、このあたりはお手のものだ。愛想笑いでなく本心から笑っている分、疲れることもなかった。

「おー、美味《うま》そう」

「ですね」

向かいあってテーブルに着いている二人は、片やデザイン事務所の社長で飯塚《いいづか》。そしてもう一人は今日初めてここに来た尾木《おぎ》という男で、今日から飯塚のところの社員となったのだという。年は二十代半ばくらいだ。

「ごゆっくり。俺、今日はこれで帰ります」

「うんうん。お疲れさまー。勉強頑張ってね」

「またねー幸ちゃん」

ひらひらっと手を振られ、幸は軽く頭を下げてカウンターに戻った。

今日初めて会ったひとにまで幸ちゃんなどと呼ばれてしまったが、幸の笑顔は崩《くず》れない。最初はかなり戸惑《とまど》った呼び方だったが、いまや関わるひとたちの中でそう呼ばないのは伊原だけとなったこともあり、すっかり馴れてしまった。

エレベーターで最上階へ行くと、「ただいま」と声を張って中に入る。伊原はまだ帰っていないようだが、キッチンには有純がいた。

「おかえり。おでんどうだった？」

「美味くできたよ。やっぱ練りもの入れたほうが味出て美味いよね」

「そりゃそうだよ」

「なにか手伝う？」

「手伝いっていうか、あと任せちゃってもいいかな。ちょっと用事があるんで、そろそろ出たいかなーと」

「うん」

任せられたとは言っても、ほとんど料理は完成している。中華鍋には八宝菜《はっぽうさい》のようなものがあるし、電子レンジと蒸籠《せいろう》の中にもなにかある。今日の献立《こんだて》は中華で、見たところ残っている作業はとろみをつけることと、温めることくらいのようだ。

有純はエプロンを外すと、また明日ね、などと言いながら帰っていった。

彼の仕事はここでの家事全般、伊原の別宅と事務所の掃除らしい。別宅であるマンションはここからも近く、有純は週に二回ほど空《あ》き家となっているそこの掃除をしているのだそうだ。

幸は自室となっている部屋に入り、机に向かった。

ここは以前、物置として使われていたところだった。そもそもこのビル自体、伊原が母方の祖父から譲《ゆず》られたもので、この部屋に関しては、祖父の趣味であったらしい大小様々な壷《つぼ》がびっしりと詰まっていた。最初にここを開けたときは唖然《あぜん》としたものだった。床一面、歩くことも困難なほどに壷が置かれていたからだ。あの光景の異様さは、いまでも目に焼きついていた。

とにかくその壷をほとんど処分し、机と椅子、ベッドとクローゼットなどを揃え、幸の部屋にしてもらったのだ。費用は壷を売った金から出したという。一番安いものでも十万はしたというので、六畳の床一面にあった壷の総額はとんでもないことになったようだ。たったひとつ残した壷は、小さいが一番値の張るもので、全部売るのは気が引けるという理由から、いまは事務所の片隅にぽつんと飾られていた。

伊原の帰りは八時頃になるらしい。先に食べていていいと言われているが、幸にそのつもりはなかった。ひとりで食べるより、誰かと——伊原と一緒に食べたほうが美味いに決まっている。

父親が亡くなってからここへ来るまで、幸は何年も誰かと楽しく食事をしたという経験がなかったから、こうして待つのすら楽しいと思えた。

「自分の部屋まで、あるんだもんな……」

なに不自由ない暮らしというのは、こういうことを言うのだろう。おかえりと言ってくれるひとがいて、美味しい食事を作ってもらえて、ゆっくりと眠れる場所があって、好きなだけ勉強もできる。

そして抱きしめてくれるひとがいる。

幸は手にしたペンをくるくるとまわし、顔を上げて溜め息をついた。

始まったばかりの恋に夢中になって、いっそ余計なことを考えられなくなればよかった。だが悲しいかな幸は自分を見失うタイプではなかった。むしろ現実がいろいろと見えていて、だからこそ溜め息をついてしまう。

結局、勉強はほとんどできずに、ただペンをまわしているだけの時間はすぎていった。

玄関からの音に、幸はさっと立ちあがった。

ただいまを言ってもらうのも好きだが、おかえりを言うのも好きだ。

ドアを開けると、言うべき相手の姿が見えた。

「おかえり」

「ああ、ただいま」

近づいてきた伊原は、ごく自然なしぐさで屈《かが》み、幸に唇をあわせてきた。触《ふ》れるだけの軽いキスだった。

「メシは食ったのか？」

「まだ。すぐやるよ」

幸は有純に言われたように仕上げをして盛りつけ、テーブルに並べていく。これはもう馴れた作業だ。

伊原はスーツ姿だ。ということは、それが必要な場所へ赴《おもむ》いたということだが、幸は無闇《むやみ》に仕事の話を振ったりはしない。伊原には守秘義務《しゅひぎむ》というものがあることを理解しているからだ。

「なに飲む？」

「自分で用意するからいい。それより、店に新しいのが来たんだってな」

最初の話題がそれかと意外に思ったが、幸は頷《うなず》いて着席した。

「来たよ。尾木さんってひと。びっくりするくらい愛想がよかった」

「馴れ馴れしいんじゃなくてか？」

「んー、まぁ……言い方によってはそうかも。いただきまーす」

向かいに伊原が座るのを待って、幸は食事を始めた。伊原は缶ビールを持ってきて、それを開けている。

「確か見習いって聞いたが、デザイナーじゃないのか」

「うん。でも一応、専門学校は出てるって言ってたよ。それからずっとフリーターやってたんだって」

「へぇ」

「興味あんの？」

「別に。知りたがるのは癖《くせ》みたいなもんだな。職業病ってやつだ」

「ふーん」

そんなものかと幸は軽く流した。あるいはビルのオーナーとして、関わる人間が気になるのかもしれないとも思う。なにしろ友人知人で固めたような空間なのだから。

食べながら当たり障《さわ》りのない話をし、互いに食事を終えて片づける段になると、伊原はおもむろに切りだしてきた。

「それでな、話は変わるんだが、明日の昼に事務所で電話番してくれるか？」

「え？」

ぴたりと手が止まる。頭の中でゆっくりと言われたことを繰りかえし、これは昼間の続きだろうかと黙って伊原を見つめた。

「明日、客が四組来ることになってる。だからそのあいだの電話番だ。樹利には俺から言っておく」

思えば伊原の事務所にはスタッフがいない。伊原ひとりだけだ。つまり掃除と経理以外のすべてをひとりでやっていたのだ。

幸は食器をシンクに置き、テーブルに戻った。

「いいけど……いつもはどうしてたわけ？」

「留守電にしてた」

「ずっとそうなのか？　秘書とか調査員とか、雇ったことねーの？」

「ないな」

答えは簡潔だった。その様子を見る限り大きな意味はないように思えたが、どうしても気になった。

「なんで？」

「信用できない、ってのが大きいな。なにがあっても外にもらせない依頼もあるしな」

「……あのひとからの？」

余計なことだとわかっていたが、突っこんで訊《き》いてしまった。だが伊原は気にした様子もなく、あっさりそうだと頷いた。

伊原のところにもたらされる仕事のうち、かなりのウエイトを占《し》めているのが、彼の知人からのものだ。とはいえ、そのひとが直接依頼してくるわけではない。伊原とコンタクトを取るのは、専《もっぱ》らその秘書である人物のようだ。

その人物とは、現役の大臣——いずれは総理になるだろうとも言われている葛西司郎《かさいしろう》だ。実は伊原の父方の祖父は、かつて総理大臣を経験した人物であり、葛西はその当時の秘書だった。伊原は両親が離婚し、母親に引き取られ母方の姓を名乗っているのだ。ずいぶんと跡継ぎにと望まれたそうだが、頑として拒否し、祖父の地盤は葛西に受け継がれたというわけだった。

そんなよしみで、葛西は秘書を通して伊原に仕事を頼んでくる。内容は幸の知るところではない。だが伊原としては、なんとしても守っておきたいことのようだ。

とにかく明日の電話番については異存《いぞん》もなく、すぐに幸は樹利に電話をした。伊原からも話すといっていたが、まずは自分でと思ったのだ。

伊原が気を遣《つか》って仕事を与えてくれたことは、よくわかっていた。

明日のことを話して電話を切ると、幸は気になったことを口にしてみた。

「あのさ……葛西さんのことは、有純さんたち知ってるんだよね？」

「もちろん。幼なじみだしな」

そして幸も知っている。だがそれは打ち明けてもらったわけじゃなく、たまたま同じ場所にいあわせてしまったというだけのことだ。あんなことでもなければ、幸はいまだ知らずにいたのかもしれない。

ようするに伊原はとんでもなく排他的な質《たち》なのだ。身内以外を受けいれないとでも言おうか、思っていた以上に警戒心が強い男らしい。自分の「住まい」につきあう相手を立ち入らせなかったというのも頷けた。

「なんか、このビル全体が伊原さんカラーなのかも」

「は？　なんだって？」

「身内でガチッと固まった感じで、一見《いちげん》さんお断り。入るときは、中にいるひとが連れてくるしかないじゃん」

「なるほど」

「伊原さんって、意外と心閉ざしてたんだな」

「おまえな…」

思いきり嫌《いや》そうな顔をされた。ひとまわり以上も年下の幸がわかったようなことを言ったのが気に入らなかったのか、あるいは図星《ずぼし》をさしてしまったからなのか。

じっと見ていると、伊原はチッと舌打ちをした。

「シャイなんだよ」

「それは嘘。ナイナイ、むしろ逆」

幸は笑いながら勢いよく手を振った。会ってすぐの相手を抱くような男がシャイだなんて認めない。

「なんだと」

目を眇《すが》めた伊原は傍《かたわ》らに立っていた幸の手をぐいっと引っ張った。

倒れこむというほどではないが、バランスを崩しながら幸は伊原の腕の中に捕《と》らえられる。たくましい腕が身体の自由を奪《うば》った。

「ちょっ……」

「せっかくお墨《すみ》つきもらったことだし、逆なところを見せてやろうか」

膝《ひざ》に乗せられ、伊原を跨《また》ぐような形で座らされる。腰をがっちりと抱きこまれて、指先で顎《あご》の下をくすぐられた。

半分はからかっているのだろうが、残り半分は本気だ。幸の態度、あるいは返答次第では、どちらにも転がる。

本気で嫌だと言えば、伊原はなにもしないだろう。だがそうでなければ、きっと思うままに振《ふ》る舞《ま》うに違いなかった。

彼はよくも悪くも大人で、幸の気持ちを汲《く》めるだけの広さや深さや余裕もあるが、同時にとても狡猾《こうかつ》だ。だから少しでも隙《すき》を見せたら、幸を簡単に搦《から》めとり、逃げられなくしてしまう。

嫌だと思わない幸は、いつも隙だらけと言えるのだが。

伊原は幸の心情など見通しているように、ふっと口元に笑みを浮かべると、キスで唇を塞《ふさ》いだ。

もう何度目かもわからないほど交わしたキス。唇を触れあわせるだけならば平気だが、深く捉《とら》えられてしまったらもうだめだ。官能を煽《あお》られて、その気にさせられて、後戻《あともど》りできなくなる。

「ふ……」

キスは気持ちがいい。伊原としかこんなキスをしたことはないが、きっとこの男とのキスだからこんなにもざわざわと身体が騒ぐのだと思う。

伊原は幸の口腔《こうこう》を犯し、舌と一緒に理性を搦めとっていった。歯列《しれつ》の根元を舐《な》め、舌を吸って、眠っていた熱を呼び覚ます。

触れているところだけでなく、湿《しめ》った音を拾う耳からも刺激を与えられて、幸はあっけなく引き返せない状態にさせられてしまった。

唇がゆっくり離れていくと寂しさを感じた。

髪を撫でる手にうっとりしながら、目を開いて間近《まぢか》から伊原を見つめた。熱を帯びた目だということは自覚していた。

「文句はなさそうだな」

「……ない、けど……片づけしねーと……」

「あとで俺がやっておくよ」

だから遠慮はなしだ……と囁《ささや》くようにつけ足される。ぞくんと身体が震えたのは、いつも与えられる快楽を思いだしてしまったせいだった。

伊原は幸の着ているカットソーの中に手を入れて直《じか》に肌を撫《な》でながら、耳朶《じだ》に唇を寄せて軽く噛んできた。

「あ……ん」

耳の弱いところと胸を同時に弄《いじ》られ、幸は伊原の上で小さく身を捩《よじ》った。

舌先が耳に入り、指の腹で乳首を捏《こ》ねられる。伊原によって変えられた身体は愛撫《あいぶ》のひとつひとつを無視できず、快感の欠片《かけら》を拾い集めてしまう。

きゅっと指で胸の先を挟《はさ》まれて、電流を当てられたように身体が震えた。

「いい反応をするようになったな」

耳に吹きこまれる声はひどく艶《つや》っぽく、満足げだ。低く官能的なその声が性感を刺激し、たまらず幸は吐息《といき》をもらした。

伊原の唇は耳から首へと移り、滑《すべ》るようにして肩まで下りる。胸にあった手は、少し弄ったただけであっさりと離れ、ジーンズのボタンを外した。

「えっ、ここで……？」

ボトムに手をかけられたことで、幸は我《われ》に返った。

「嫌か？」

「……っていうか……」

ダイニングの椅子の上だなんて、躊躇するなというほうが無理だ。ベッドでなければというわけではないし、バスルームやソファでされるのはさすがに馴れた。だが食事をする場所というのは、幸にとって高いハードルだ。

だがまったく気にしないらしい男は平然と続けた。

「ソファでやるのと同じだろう。少し安定が悪いくらいだな」

「違うと思うけど」

「そうか？」

伊原はカットソーを捲《まく》りあげて幸の胸元を晒《さら》した。

「じゃ、キリのいいところでソファかベッドに移ろうか」

「……キリってなに……」

ぼそりと呟く幸を無視し、伊原は自《みずか》らの指を舐めて濡《ぬ》らすと、これからなにをするのか見せつけるように手をジーンズの中へ差しいれる。そうして幸の最奥《さいおう》に濡れた指先で触れてきた。

反射的に身体に力が入った途端《とたん》、伊原に笑みをこぼされてしまった。

「な……なんだよ」

「いや、可愛いと思ってな」

「そういうこと言……っ、ぁ……」

まだ硬く窄《すぼ》まったそこは、やわやわと触《さわ》れられて少しずつ緊張を解《と》いていった。指は何度も入り口を撫でたあと、ゆっくりと幸の中に入ってきた。

異物感は相変わらずあるものの、すぐに馴染《なじ》んでしまうことは知っていた。

後ろと同時に、胸も口で愛撫され、幸はたまらず伊原の肩に両手で縋《すが》った。足もつかない状態では、そうでもしないと不安になってしまう。

胸の粒を口に含《ふく》まれ、舌先で転がされると、そこからじわじわと甘い痺《しび》れが生まれる。

後ろでも感じはじめていた幸は、濡れた声をあげながら伊原の膝の上で身を捩った。

キスでつけられた火は、それぞれの愛撫によって大きくなり、内側から幸の身を焦《こ》がしていく。

「う、んっ……」

じっとしているのもつらくなり、幸は両腕で伊原に抱きついた。

自《おの》ずと愛撫をじゃまするこになり、伊原は顔を上げて苦笑をこぼした。

「こら。いい子にしてろ」

「だって、なんか……」

「椅子が嫌なら、こっちにするか」

ひょいと身体を持ちあげられたかと思ったら、そのままテーブルに押し倒された。ひやりとした木の感触が、幸の背中に当たった。

「ちょっ……」

「動くな」

伊原は乳首に軽く歯を立て、幸の動きを封じてから、再び指を入れてきた。

テーブルは四人用で、北欧《ほくおう》の家具なのだと以前有純が言っていた。かなりしっかりとした作りで、幸が乗っていても実に安定感があった。だが暴れたら壊れてしまうんじゃないかという考えも頭にある。

幸の心中は穏《おだ》やかではなかった。食事をする場所――ましてや食べものを載《の》せるところでこんな真似するのは抵抗が強い。

「やっ、ぁ……やだ、ここ……っ」

いますぐにでも場所を移してもらおうと思ったのに、百も承知のはずの伊原はしれっと言った。

「ここ、ね。おまえ、ここ好きだろ?」

「ひぁっ……!　あ、あ……ち、が……」

蠢《うご》く指が弱いところを探り、幸は悲鳴じみた声をあげた。

伊原が言う「ここ」を何度も攻められて、身体はたちまちギリギリまで追いあげられる。ひっきりなしに鳴き声まじりの喘《あえ》ぎを放った。

「い、や……ぁっ……!」

違うと言っても、意味はなかった。伊原は最初からわかっていて、「ここ」という幸の声を拾ったのだから。

「や、だ……っ、ここ……ほんと、に……だめっ」

半泣きになりながら何度もかぶりを振ると、ようやく伊原は懇願《こんがん》を聞きいれてくれる気になったらしい。

指の動きが止まり、代わり宥《なだ》めるようなキスが胸に落ちた。

「わかったわかった」

引き抜かれた指で息をつくひまもなく、身体はテーブルからさっと掬《すく》いあげられた。つれていかれたのはベッドルームだった。

伊原はベッドに上がると、さっと上半身を晒した。そうして自分を跨ぐ形で膝立ちになるように言う。

幸がその通りにするなり、こちらは衣服をすべて取りさられ、明るい照明の下で隠すところのない姿をさらすことになった。

恥ずかしさはあるが、いまさらだという思いもあった。伊原にも何度もこうしてすべてを見られている。全裸どころか、自分でも見たことのない場所まで、本当に隅々《すみずみ》まで知りつくされた。

大きな手は幸の膝からゆっくりと滑り、内腿を焦らすように撫でていく。それだけでもぞくぞくと肌が震えた。

優しくも容赦《ようしゃ》のない指が、幸の秘められた場所へと近づいた。

触れられると、せつなげな吐息が勝手にもれた。目を閉じるとさらに指の感触が鮮明になる。

「あぁ……」

期待してひくつくそこに指が戻ってきた。

今度は慣らすために、指が出し入れされる。入り口や内壁《ないへき》を擦《こす》られ、次第にじんわりとした快楽に全身が包まれていく。

腰は自然に揺れ、貪欲《どんよく》に快楽を求めた。

「んっ、ぁん……いい……」

指を増やされても痛みはなく、下から見つめる伊原の視線もすでに気にならない。羞恥《しゅうち》を覚えるより快楽を貪《むさぼ》ることのほうが大事だった。

幸は目を閉じ、与えられる感覚に夢中になる。

湿ったいやらしい音が喘ぎ声にまじって聞こえた。自分がこんな声を出すなんて、数ヶ月前までは想像もしていなかったが、それにもとっくに馴れてしまった。

伊原とのセックスは好きだ。キスも好きだが、伊原がこの身体の隅々まで愛し、身体を繋《つな》いでくれるこの行為は、別の喜びを幸にもたらしてくれる。

「あっ、ん……あん！」

がくがくと膝が震え、だんだんと脚に力が入らなくなってきた。

「いいのか？」

快感を生みだす場所に、直接響くような声がする。また違う快感が奥底から湧《わ》いてしまい、幸は甘い衝動《しょうどう》をやりすごすのに必死だった。

声までもが愛撫の手段になるなんてずるい。同時にいくつもの性感を攻められ、幸は翻《ほん》弄《ろう》される一方だ。

でもそれが嬉しくもあった。

「う、ん……いい、気持ち……い……」

むしろもっと欲しくなっていた。無茶苦茶に突いて、おかしくさせてくれたらいい。

自分の中をいっぱいにして、伊原のものが欲しい。苦しいくらいに圧倒的なもので、
陶然《とうぜん》と呟いた幸を、伊原はベッドに横たえた。

あちこちにキスをしながら伊原は器用に服を脱ぎ、それからすぐに身体を繋いできた。

「は……ぁ……!」

十分に溶けて柔らかくなったそこは、難なく伊原のものを呑みこんでいく。入ってくる感覚は相変わらずきついけれども、それ以上に繋がれるという喜びがあった。

身体を開かされる瞬間も好きだなんて、はっきりと口に出しては言えないけれども。

腰を進める動きが止まったのを感じ、幸は目を開いた。

伊原の顔に官能の色が見える。いつも余裕を見せている男が、こうやってあからさまに幸に欲情するのがたまらなく嬉しい。

両手を伸ばし、幸は伊原に抱きついた。

「なんだ、急に」

「んー……なんかさ、すげー好きだなーって思って」

素直に思ったことを口にすると、伊原は喉の奥でくっと笑った。幸の中で彼のものが大きくなった気がしたのも気のせいではないだろう。

「あ……」

「たまに可愛いことを言うよな。俺のツボを心得てやがる」

しょっちゅうでは飽きるし、皆無《かいむ》ではつまらない。伊原はそんなようなことを言って、腰を動かしはじめた。

「ぁあっ……あ、ん……」

内側から崩されていく感覚にたまらず声がこぼれる。抱かれることに馴れた身体は、あっというまに快楽をかき集め、幸の中を満たしてしまう。

しばらく後ろだけ攻めたあと、伊原は思いだしたように胸に手を伸ばし、巧《たく》みに指先を動かしてきた。

小さくかぶりを振ったのは、無意識の媚態《びたい》だ。嫌だという意味ではなかった。

わかっているのかいないのか、あるいは無視しただけなのか、伊原は指の腹で挟《はさ》んだ乳首を摘《つま》み、執拗《しつよう》にそこを弄った。

気持ちがいい。とろとろに溶けて、どうにかなってしまいそうだった。

「や……っ、そ……こ……」

「うん？」

「そこ、やだ……ぁあっ、ん……」

幸は泣きそうになりながらシーツを摑《つか》んだ。中に入ったものが、幸の一番弱い部分を何度も攻めるのだ。

限界はたちまちやってきて、息づかいは激しく乱れた。

「い、く……いくっ」

深く突きあげられると同時に乳首に軽く爪を立てられて、甘い衝動が頭の先まで駆け抜けた。

幸は悲鳴と同時に欲望を放った。絶頂とその余韻《よいん》が全身を包み、このまま眠ってしまいたいとぼんやり思う。

だが余韻が抜けきらないうちに、伊原は再び幸を穿《うが》った。

「あっ、あん……や……」

「悪い。今日、あれだ。火がついた」

ちっとも悪いとは思っていない声がする。伊原はまだいっていないのだから、続きをするのは当然としても、いつもだったらもう少し待ってくれるはずだった。なのに今日は容

赦がない。

　こういうことはときどきある。今がそうだと宣言《せんげん》された幸は、いやいやをするようにかぶりを振った。

「明日はまた有純の小言《こごと》をくらいそうだな」

「も……ちょっと、ゆっ……くり……やれ、ってば」

「だから、今日は無理だって、言っただろうが」

　開き直った伊原に打つ手はない。

　幸はほとんど一方的に喘《あえ》がされるまま喘ぎ、わけがわからないうちに一日を終わらされたのだった。

身体がひどく重い。

理由はわかっている。八割方は伊原のせいで、残り半分は幸のせいだ。

おかげで活動に多少なりとも影響を及ぼしている。

伊原はときどき昨日のように理性のタガを外してしまう。欲情のメーターがマックスになり、本人にもセーブできなくなることがあるらしいのだ。どういったときにそうなるか、まったくわからないと嘯《うそぶ》いていたが、本当かどうかは知らない。たぶん深く考える気もないのだろう。

（絶対どうでもいいと思ってんだよな。っていうか、楽しんでる）

実際、歯止めが利《き》かなくなったときの伊原は喜々《きき》として幸を攻める。けっして辱《はずか》しめる言葉を口にしたり、痛い目にあわせたりするわけではないのだが、軽く縛《しば》ったり故意に泣かせたりはむしろ楽しそうにする。もしかしたら一種のサディストなんじゃないだろうかと疑いたくもなった。

昨晩だって、幸が気を失うまで放してくれなかった。おかげで目はぱんぱんに腫《は》れ、声だってざらざらだ。

周囲にそれをからかう人間がいないのは幸いだった。有純はこういうとき、伊原に矛先《ほこさき》を向けるし、樹利はひたすら呆《あき》れる。今朝も伊原は有純から叱られ、それを涼《すず》しい顔で流していた。

店の常連に関しては、そのあたりに触れないのが不文律《ふぶんりつ》となっている。いつ頃からそうなったかは覚えていないが、よくできた連中だ。そもそも樹利のいい加減さについてきている段階でかなり偉いと思う。

「はいよー、グーラッシュのランチセット」

樹利に声に、常連客のひとりが立ちあがった。普段は幸が運ぶのだが、今はカフェテリアのようになっていた。

ランチで提供しているのは、たいてい日替わりのスープやシチューに、サラダとパンとドリンクのセット。温めて出せばいいだけなので、樹利でもできるというのがこの形式になった主な理由だ。

店主たる樹利は、インスタントでもレトルトでもいいんだと言っているが、幸は勉強の合間に作って一人分ずつ冷凍し、何種類かを店の冷凍庫に置いている。今の幸には時間がたっぷりあるので、苦にもならない作業だ。むしろ料理をしていると楽しい。たまに有純も、伊原家の食事を作るついでに作ってくれている。

外の店へ食べに行ったほうが安上がりだったり美味かったりするはずなのに、常連たちは居心地のよさを重視してここへ集まってくる。持ちこみが許可されているから、外で買ってここで食べる者もいた。ただし持ちこみ料をしっかり取るところが樹利の抜け目ないところだ。

（そろそろストック少なくなってるし……今度はなに作ろうかな。和風っぽいのもいいんだけど、パンにあうか……）

すっと伸びてきた手がカウンターテーブルを軽く叩き、幸は顔を上げた。

「幸ちゃん、何時からだっけ？」

「あ……えーと、だいたい二時くらいかな。伊原さんが電話くれるって」

「ふーん。で、それ終わった？」

「うん」

「どれどれ」

樹利は幸の前から問題用紙を取りあげ、鼻歌まじりに目を通す。

今日は数学のテストをやってみようと言われ、解いていたところだったのだ。幸が最後の問題を終えたのを見て、樹利は声をかけたのだろう。

全部できたという自信はあった。だが幸が見つめる先で、樹利は「あ」と小さく声にして、こちらを見た。

「超イージーミスはっけーん」

「え？」

「ここ、塗《ぬ》り間違い」

指されたところを見ると、正しく計算できているのに、解答欄にマークするときに間違ってしまっていた。実に初歩的な、そして樹利が言うようにイージーなミスだ。

「あー……」

「集中してなかっただろ。っていうか、こんなとこじゃ集中できなくて当然だけどね」

樹利は店内を見まわし、仕方なさそうに笑った。

「違う違う。ちょっと気が抜けたっていうか、ただの注意力不足」

店にはいま客が五人ほどいる。彼らは一様《いちよう》に静かにしてくれていて、幸の気を散らすようなことはなかった。イージーミスは幸の意識がよそへ向かっていたせいだ。だからといって、まさかランチスープのことを考えていたとは言えないし、昨晩の影響が残っていてどこか頭がクリアではないなんて、もっと言えない。

「まぁ、必ず確認するって癖《くせ》をつけとけばいいんだけど……っと、来た来た」

「なにが？」

「お迎え」

樹利の視線を追うまでもなくわかってしまった。お迎えという言葉で悟《さと》ったわけではなく、気配を感じたのだ。

伊原がいると、空気でわかる気がする。ただの気のせいかもしれないけれど、そう思っていたかった。

「電話くれるかと思ってた」

幸はスツールから下り、勉強道具をまとめて抱えた。

「そのつもりだったんだが、外へ出たついでにな」

「ふぅん」

「伊原さーん、ちょっといい？　うちの新入り紹介したいんだけどさ」

飯塚は手招きをしながら、もう一方の手で尾木を指している。どうやらこのビルの「主」に挨拶をということらしい。飯塚のほうが伊原よりも年上だが、彼はいつも伊原をさんづけで呼んだ
あからさまに気は乗らなさそうだったが、伊原はとりあえず目を向けた。そう広くはない店内なので、わざわざ近づかなくても十分に話はできる距離だ。

「彼が尾木くん。で、あちらはビルのオーナーの伊原さん」

「どうもー。はじめまして、尾木っす」

立ちあがって頭を下げてはいるが、尾木には畏《かしこ》まった感じがない。幸に対する態度と同じように砕《くだ》けた調子で、目を輝かせて伊原に笑みを向けていた。

これは一体どういった感情を抱いているのかと、怪訝に思うような態度だった。

同じものを感じているだろうに、伊原は平然と対応した。

「伊原です」

「お噂はかねがね。いやー、マジで男前っすね」

「どんな噂だかな」

「いい噂っすよ。ハンパない男前だとか……まぁ、いろいろと。あ、探偵やってるんすよね。今度、事務所に遊びに行ってもいいっすか？」

「君が思ってる探偵とは別ものだと思うぞ。依頼人としてなら歓迎するよ。ただし見学はお断りだ。行くぞ、幸」

「あ、うん」

伊原は幸の肩に手を置き、一緒に店を出た。

「幸ちゃーん、また明日ねー」

尾木の声が追いかけてきたので、幸は肩越しに軽く頭を下げた。他にも見送っている客がいたので、指先でひらひらと挨拶をした。

事務所に戻るあいだに、幸は伊原の横顔を見て眉根《まゆね》を寄せた。

「なんか変」

「なにが」

「愛想ないのはいつものことだけど、なんか刺々《とげとげ》しかったよ」

「そりゃそうだろう。最初が肝心だからな」

「はぁ？」

意味がわからず、幸はきょとんとして伊原を見つめたが、返事はもらえなかった。伊原が口を開いたのは、事務所に着いてからだった。

「新入りに釘《くぎ》を刺しておきたかったんだよ」

「……なんで？」

「おまえに手出ししないように」

「ばっ……」

　啞然とした。二の句が継《つ》げないというよりは、なにも言いたくなかった。反論すれば、畳《たた》みかけるようにして恥ずかしいことを言われるに決まっている。

　代わりに嘆息し、幸は事務机に向かった。従業員を採《と》る気もないのに、どうして伊原のデスク以外に二つもあるのかは謎だ。

「なんのために、この机置いてあんの？」

「ここ、前はサラ金業者が入ってたんだよ。で、まるまる置いてどこかへ消えたんで、そのまま使ってる」

「それって……」

「夜逃げだな。祖父《じい》さんが生きてた頃の話だ」

　どうやらそれから何年か放置してあったらしいが、伊原が譲《ゆず》り受け、彼がこの事務所を開くときに、必要なものだけ残してあとは処分したそうだ。

「いつ頃から、今みたいになったわけ？」

「三年くらい前か。俺が辞めて、有純が住み着いて……そのときにはもう、今の連中は樹利以外みんな揃ってたな」

「へぇ……」

「で、さっきの話だが、尾木には下心《したごころ》がありそうなんで、一応警戒しとけ」

いきなり話を蒸《む》し返されて幸はぎょっとした。てっきり流れていったかと思っていたが、それは幸だけだったようだ。

出るのは溜め息ばかりだった。

「言っておくが俺が言ったわけじゃない。有純と樹利の見解だ」

「尾木さんは誰に対しても馴れ馴れしいよ。俺にだけ親切とかいうわけじゃないと思うんだけど」

「だからだよ。あれは根っこのところで善良なタイプだろうが、いまのところ信用はできないからな」

これが伊原ひとりの意見だったら、気にしすぎだとか心が狭すぎるといって笑い飛ばしただろうが、嶋村兄弟にまでと言われると、なかなか反撃に転じられなかった。

「いいな？」

凄《すご》まれても、幸は黙っていた。反論しない代わりに、頷きもしなかった。

伊原が返事を求めなかったのは、おそらく彼の目的が幸に認識させることだったからだ。

尾木のことは、心に留《と》めておけばいいという程度のことらしい。

それからまもなく最初の依頼主がやってきた。伊原は葛西からの依頼を優先させるらしく、そちらが終わって余裕ができたときに、他の仕事をするようだ。おかげで今日は、四組の依頼主に会う予定が立っていた。

時間通りに現れた女性は、三十代半ばくらいの色っぽい美人だった。見るからに夜の女という雰囲気が漂っている。

「あら、アルバイト雇ったの？」

「臨時ですよ」

「伊原さんの好みよね」

言いながら彼女はつかつかと幸に近づいてきて、机に手をついた。じっと顔を覗きこまれると、自然と身体が後ろに逃げてしまう。

ふわりと漂う香水が、以前の生活を思いださせた。バーで客のあいだを縫って動きまわっていたときに、この手の香りをよく嗅いだものだった。

「ふーん、ずいぶん若いじゃない。可愛いわ。ねぇ、うちで働かない？　この手のボーイがほしかったのよ」

「い、いえ……」

「なにしに来たんですか。依頼する気ないなら帰ってくれませんかね」

「つれないこと言わないでよ。あ、これ名刺。その気になったら電話してね」

すっと机に置かれた名刺には、店の名前と源氏名《げんじな》らしきものが書いてあった。彼女はこの近くでバーのママをやっているらしい。

ようやく向かいあって話が始まる。依頼内容はある人物の素行調査だった。どうも様子のおかしい従業員がいるので、ちょっと調べてみてくれというのだ。採用時の履歴書《りれきしょ》やら写真やらを用意してきたことといい、親しげな口ぶりといい、どうやら初めての依頼というわけではなさそうだった。

彼女は三十分ほど伊原と話した後、最後にまた幸に声をかけて出ていった。

ドアが閉まってその姿が見えなくなったとき、思わずほっと安堵の息がもれた。知らず知らずのうちに緊張していたらしい。

「およびし腰だったな」

「そんなんじゃないよ」

相手の勢いに押されていたのは事実だが、つい言い返してしまった。伊原が薄く笑ってなにも言わないのは、幸の心情など見通しているからだ。

照れ隠しに仏頂面《ぶっちょうづら》を作り、邪魔するなと言わんばかりに、広げたテキストを睨みつける。そうすれば無闇《むやみ》に話しかけてこないからだ。

そうこうしているうちに、次の依頼人がやってきた。

「伊原さぁん」

　現れた二十代半ばくらいの女は、いまにも伊原に抱きつかんばかりの勢いだった。ノックの直後にドアが開いた途端、彼女は甘ったるい声を発したのだ。

　そうして幸の存在に気づき、戸惑《とまど》ったような顔をした。不躾《ぶしつけ》にじろじろと見る目からは、幸を値踏みしようという意識が強く感じられた。

「臨時の電話番だ。気にするな」

　伊原は依頼主に向けるときは思えない言葉遣《づか》いで女を応接セットへと促《うなが》す。初対面でないことは、双方《そうほう》の態度からも明らかだった。

　女はまだ幸を気にしていたが、伊原と向かいあって座ると、面白いようにスイッチが切り替わった。もう伊原しか目に入っていないのが、幸にもはっきりとわかった。

　手元にテキストを広げながらも、幸の意識はどうしても逸《そ》れてしまう。何度も盗み見ているうちに、女は思っていたよりもう少し若いらしいとわかった。おそらく二十歳そこそこだろう。近くのキャバクラにいることも話の中に出てきた。

　依頼内容は、無言電話が一ヶ月以上も続いており、最近は郵便受けへの悪戯《いたずら》が続いているので、どうしたらいいかというものだった。

「心当たりは？」

「お……お客さん、かも」

「他に被害は？」

「別に……」

「警察には言ったのか？」

「まだ。だって、どうせなにもしてくれないだろうし。伊原さんのほうがきっと頼りになるよ」

身を乗りだしたその胸元から、これ見よがしに谷間が見える。幸はなんとなく目を逸らしたが、伊原は平然としていた。

それにしてもずいぶんと胸元を強調する服を着ているものだ。スカートもかなり短く、メイクも完璧だ。店に出るというよりは、デートに行くといった感じの仕上がりで、支度にどれだけの時間をかけたのだろうかとふと思った。

彼女の懇願をさらりと流し、伊原は冷静な声を出した。

「無言電話がかかってきた時間を書いておくとわかりやすいぞ。郵便受けが荒らされた日づけもだな」

「あのね、つけられてるような気もするの。ストーカーかもしれない。どうしよう、帰りとかも怖くて……」

上目遣《うわめづか》いの視線に媚《こび》が見える。怖いと言っているわりには怯《おび》えの色も見えず、むしろ目は熱を帯《お》びていた。

（これって……）

ストーカーの被害相談にかこつけて、実は伊原が狙いなのではないだろうか。いや、無言電話などが本当かどうかも怪しいものだ。

なんだか胸のあたりがムカムカしてきた
「で、なにを調べてほしいって？」

「え？」

「うちは調査事務所だ。マンションに張りこんで、それらしいやつを確かめるか？　ま、ストーカー被害なら、専門の会社に任せたほうがいいがな。紹介しようか？」

「う、ううん。そこまでは……送り迎えとかしてくれたら安心だし、あと部屋を見てくれたらと思って……」

ますますもって疑わしい。そして幸の不快感は募《つの》るばかりだ。

結局、彼女はもう少し様子を見ると言って帰っていった。最後まで未練がましく伊原を見ていたあたり、幸の考えは正しそうだ。

伊原はやれやれとソファにもたれた。

「今のって、ほんと……？」

「作り話だな。それも行き当たりばったりで、ころころ話が変わる。ついでに言うと、彼女が勤め始めたのは二週間前のはずなんだ。これは別口から聞いてる。それまでは専門学校に通っていて、客商売の経験はなかったそうだからな」

「やっぱり」

「なんだ、おまえも気づいたのか」

「バカにすんな」

幸は口を尖《とが》らせ、伊原を軽く睨みつけた。

「褒めてるんだよ」

「あのひと、伊原さんのこと好きなんだよね」

「好きというか……まぁ、落とそうとしてたんだろうな。知りあいがマネージャーやってる店で働いてるんだが、一度行ったら妙に気に入られてな」

「それ知ってたんだ」

知っていて、今日の相談に応じたのかと、幸は非難がましい目を向けた。

「本当かどうか確かめる必要があるだろう？　本気で困ってる可能性だってないわけじゃない」

「……そうだよね」

伊原の言い分はもっともだ。見極《みきわ》めずに放置し、取り返しのつかないことに発展したらと思ったのだろう。顔見知り程度の幸が犯罪に巻きこまれるのを放っておけなかった男だ。同じように可能性を見過ごすことはできなかったのを、どうして幸が責められようか。

幸はちっとも頭に入らないテキスト見つめた。

次の依頼者が来るまで、まだ時間はある。けれどもこの頭には、単語ひとつ入ってこないだろうなと思った。


「ご機嫌ななめですなぁ」

有純は夕食の支度をしながら、カウンター越しに呟くように言った。

ぼんやりしていた幸は、はっと息を呑んで有純と視線をあわせ、慌《あわ》てて笑顔を作った。

今さらだとわかっていたけれども。

「顔に出てる？」

「出てるね。電話番……というか、克峻のところの依頼人のせいだろ」

「……うん」

なんでもお見通しというわけだ。彼は伊原に関することならばおおよそなんでも把握《はあく》しているから、彼の仕事についても、内容はともかく出入りの人物くらいは知っているのだろう。

「女のひとばっかりだった。三人立て続け。それで、最後のひとりは……なんか、男だったけど男じゃないっぽいみたいな」

「ああ……」

「いつもあんな感じ？」

「あんな感じ。正直に言うと、依頼人の六割は飲み屋とか風俗店だとかのお姉ちゃんだよ。でも半分以上は仕事にならないことで来るらしいけどね」

「それもよくわかった」

四件の依頼のうち、伊原が引き受けたのは一件だけだ。他の三件は伊原に会うのが目的だったとしか思えなかったし、伊原も否定しなかった。仕方ないと理解していても、幸の不快な気分は晴れなかった。

「あと、伊原さんが実は壁作るタイプだってこともわかっちゃったよ」

「ああ……バレちゃったか。うん、実はそうんだよね。そこそこ社交的だし、誰でも懐《ふところ》に入れるように見えるけど、あれで警戒心かなり強いから」

「みたいだね。今まで気づかなかったけど」

「幸ちゃんは異例だったからなぁ。あっさり自分の内側に入れちゃったから、僕たちも驚いたんだよね。ま、本気の恋愛は違うってことかな」

からかうでもなく、冗談でもなく、有純は穏《おだ》やかな顔でそんなことを言う。理解のある兄とか親のような態度だ。

有純を見ていると、幸は不思議な気分になる。姿形はまったく似ていないのに、亡くなった父親を思いだすのだ。あるいは幸の中で父親のイメージが勝手に変化して、有純に近くなっているのかもしれない。

いずれにしても、まだ三十三歳の有純に、十七歳の幸が父親を重ねているのは失礼な気がする。ましてや幸の恋人とは、たった三つしか違わないのだ。

じっと見つめていると、有純は目を細めて笑った。

「僕が運命感じたって話、覚えてる？」

「あ、うん」

「それと同じだったのかもね。僕は君に身内的な意味でそういう直感があって、克峻はそれこそ『運命の相手』って思ったのかもしれない」

「有純さん恥ずかしいよ、やめてよ」

聞いているだけで顔が赤くなりそうだ。逃げだしたい衝動に駆られる。もし言っているのが伊原本人だったら、間違いなく逃げていた。

「いつも誰かにそんなこと言ってんの？」

「知りたい？」

にっこりと笑いながら問われ、幸は言葉につまった。なんとなくここは深く入りたくない部分だった。

「……いいです」

「じゃあこの話は終わりとして、事務所の電話番はどうだったの？」

「五件対応した」

意外なことに、依頼の電話は多かった。ようするに依頼の解禁日だったので多かったらしいが、待っているひとがいるというのがそもそも驚きだ。とりあえずアポイントだけ取ったのでどんな内容かは不明だが、今日の様子だとまともな依頼は一件か二件というところだろう。ちなみに男女比は二対三だった。

「幸ちゃんが出たから、相手はあれって感じだっただろ」

「うん。女のひとは、伊原さん出してくれって言う確率百パーセント。あんたじゃ話にならないとか言うんだよ。絶対ただの伊原さん目当てだな」

「ちょっとは克峻の気持ちわかった？」

「は？」

「あれこれ過剰《かじょう》に心配とか警戒とかしすぎ……とか思ってたでしょ、正直なとこ。でもね、恋人に近づく相手ってのは、どうしようもなく気になるものなんだよ」

「んー……」

確かに気分のよくない数時間だった。一番嫌だったのは二人目だが、今現在、最も気になっているのは最初の女性だ。それは誰よりも伊原との親しさを感じたせいだった。あるいはかつて身体の関係を持ったことがあるんじゃないかと、思えてしまったからだ。もちろん想像でしかないのだが。

そうでなくても彼女は苦手なタイプなのだ。そして考えてみれば、幸は以前から女性に対して身がまえてしまうところがあった。あがっているとか意識しているとかではないし、嫌いなわけでもないのだが、積極的に関わりたいとも思っていなかった。

「俺って、ひょっとしたら女のひとが怖いのかなぁ……？　別に怖くないと思ってると思うんだけど……たぶん」

ぶつぶつ言っているうちに、なんだかよくわからなくなってしまった。自分ですら見極められないでいるのに、有純は涼しい顔をしてさらりと言った。

「怖いっていうか、自分を愛してくれないもの……なんじゃない？」

「あ、愛……って」

「きっと君にとっての女性って、お母さんが基本なんだよ」

「ああ……そっか。そうかも」

有純の見解はすとんと幸の中に落ちた。それが正解だとしか思えなくなる。

なんだか少しだけ気が楽になった。伊原と恋愛をしているから関係ないと言えばないのだが、もし自分が女性に対してまったくだめな人間ならば、それは少しばかりショックなことだと考えていたのだ。

まったくもって些細《ささい》なことだけれども。

「ま、ここはほんとに女っけないからね。幸ちゃんにはいいんだか悪いんだか……」

「それっとわざと？」

「もちろん。克峻はね、自分を恋愛や性的な対象としてみる人間は、絶対にここの輪に入れなかったんだよ。やっぱり幸ちゃんは特例中の特例だね」

有純の言葉には曖昧《あいまい》に答え、幸は意識をテキストに向けようとした。妙に気恥ずかしく、しばらく顔が上げられなかった。

伊原は連日、調査で外に出ずっぱりだ。朝は幸が眠っているうちに出かけ、夜になって帰宅してようやく会うという日が一週間ほど続いている。事務所は毎日のように無人で、有純が掃除のために立ちいる以外に照明がつくこともない。

「ただいま」

さすがに疲れた顔をして、伊原が部屋に戻ってきた。今日は七時前に帰ってきたのだから早いほうだ。

「おかえり。ちなみに、仕事って何件抱えてるわけ？」

ソファに沈む伊原にビールを差しだしつつ、幸は尋ねた。興味本位というより、心配になったのだった。

伊原はビールを喉に流しこんだあと、息を吐きだすのと同時に言った。

「三件」

「同時にできるもんなんだ？」

「聞きこみする場所が被《かぶ》ってればな」

「手伝えることあればやるよ？」

「いや……ああ、そうだ。訊こうと思ってたことがあったんだよ。今日、頼まれたばかりの依頼なんだがな」

伊原は写真を取りだし、幸に見せた。最初の写真には、高校生とおぼしき制服姿の少女が写っていた。化粧けはなく、おとなしそうな子だ。写真の背景は大きな家の門だが、表札部分は塗りつぶされていた。

「家出少女の捜索《そうさく》を頼まれてな。見覚えはないか？　両親の話によると、新宿にいるらしいんだが……」

「なんで新宿にいるってわかんの？」

「カンだとさ。根拠《こんきょ》がなさすぎて正直困ってるんだが、とにかくまずは新宿から手を着けないとな」

「あれ……うーん、違うか」

　幸は写真を見つめ、指先で髪を隠したり目元を隠したりしていたが、ふっと息をついて顔を上げた。

「どうした？」

「んー、化粧と髪型が違うからあんまり自信はないんだけどさ、この子、キャッチやってた子に似てる気がするんだ」

　幸は半年間、夜の新宿で働いていた。もちろん年齢をごまかして、とあるダーツバーでかなり人気のあるウエイターだったのだ。毎日店に入るのは二十一時頃。周囲には雑多なひとたちがいて、中には客でもないのに顔を覚えてしまった人間もいた。たとえばいつも街をうろついている子たちもそうだ。

「っていうか、この涙ぼくろ見たことある。背が高くてさ、結構目立ってたんだ」

「キャッチねぇ……」

伊原は溜め息をついた。気が重そうだった。

「ほとんど毎日見たよ」

「どのへんで？」

「俺がいたバーのあたり。いつも同じ子と組んでてさ。年明けから……かな、確か。どこの店かは知らないけど」

「ちょっといいか。聞きこみにつきあってくれ。メシは帰ってからか……ああ、それは明日にして、外で食ってもいい。とにかく行くぞ」

伊原はすでに立ちあがっていた。どうやら急ぐ必要があるらしい。

「さっきの子、どこ出身？」

「宮城《みやぎ》」

「あ、もしかして葛西さんからの依頼？」

そう考えると納得がいく。同時に葛西と彼女はどんな関係なのかという興味が湧いた。もしかすると娘とか親戚の子だろうか。政治家の身内がキャッチガールをやっているとしたら問題だ。女の子たちにそういう客引きをさせる店には、ぼったくりバーや暴力バーが少なくない。

そんなことを考えていると、伊原はあっさり答えを口にした。

「選挙事務所スタッフの娘だそうだ。さすがにこういう依頼は初めてだがな」

「家出してキャッチかぁ……」

よくあるパターンだと言ってしまえばそれまでだった。毎日夜の新宿にいた幸には、珍しくもなんともない話でもある。同僚から聞く話は実にさまざまだったのだ。当時の幸は家出少年だと思われても仕方ない状況で、それを隠していたから、そんな話を聞くたびに内心では落ち着かない気分だった。

幸は伊原に少し待ってもらい、料理にラップをかけてから一緒に外へ出た。

「あー……でも、店の近くか……」

急に足が重くなってしまう。ダーツバーのアルバイトを辞めたのは、幸の意思ではなかった。電話で伊原が幸の実年齢をバラした途端、向こうから解雇《かいこ》を言い渡してきて、以来一度も店側と接触はしていなかった。だからなんとなく気まずい気分だ。従業員や客に会ってしまったり、見られたりする可能性は大いにある。

それでも立ち止まらなかったのは、伊原の仕事を手伝いたかったからだ。

「嫌ならいいんだぞ」

「平気」

笑いながら言って、幸は歩を進めた。四方に広がる見慣れた光景は、むしろ懐かしさえ感じさせた。

光の洪水《こうずい》に、行き交うひとびと。耳になだれこんでくる雑多な音に、幸は数ヶ月前の生活を思いだした。

将来のためにと思いながらも、先のことは深く考えないようにしていた。きっと考えたら不安で動けなくなっていただろう。ひどく疲れていたのは、働きすぎていたせいではなく、気持ちが休まることがなかったせいもあったのだ。

今とはまったく違う生活だった。

幸は横にいる伊原をちらっと見あげた。

相変わらず夜の街にいても映《は》える男だ。すれ違うひとたちが、思わずといったように目を向けるのはいつもと同じだった。時間や場所は関係ない。

「伊原さん、すげー目立つ」

「そうだな」

あっさりとした答えだ。謙遜《けんそん》しないのが彼らしい。どう見ても事実なので、否定するのはかえって嫌味《いやみ》だが。

店の近くまで来ると、見知った顔に出くわした。ダーツバーによく来ていた客の青年で、幸を見て少し驚いた様子だったが、すぐに笑みを見せてすれ違っていった。

「知りあいか？」

「お客さん。あそこ常連客多かったし……って、伊原さんは最近行ってねーの？」

「いつ行くんだよ。毎日、夜は家にいるだろうが」

「あ、そっか」

それに伊原は常に誰かと一緒だった。幸が覚えている限り、一人でバーにいたことはなかった。つれていた相手は、すなわち寝る相手だったのだから、幸という恋人がいる今、伊原があそこへ行くはずもない。

そう思ったらにわかに気分がよくなった。

「どのあたりだ？」

「この通りでよく見たんだけど……」

探してもそれらしい姿は見あたらない。キャッチをしているらしい女の子たちはいるのだが、問題の少女ではなかった。ペアを組んでいた女の子もいないようだ。

「ちょっと訊《き》いてみるか」

「俺が行くよ。伊原さんだと警察と思われそうじゃん」

「まぁ……確かにな」

数年前まで実際に警察官だったのだから、思われても不思議はない。それに妙な迫力があるので、気圧《けお》されて女の子たちの口が重くなることも大いに考えられる。後ろ暗いところがあればなおさらだ。逆に素直にしゃべる可能性もあるが、それは幸で失敗した場合でいい。

幸は伊原から離れて少女たちに近づいていった。

「ちょっといいかな」

「はぁ？」

二人組の少女たちは、アイメイクのきつい目で怪訝そうにじろじろと幸を見た。

「前によく見かけたんだけどさ、ここにほくろあるキャッチの子って知ってる？」

「ほくろぉ？　さぁ……うちら最近始めたとこだし」

「そっか。あ、じゃあさ、長くやってる子、誰か知らない？　俺、四月の頭くらいまでそこのダーツバーでバイトしたんだけど、ちょっといろいろあって、このへん来たの久しぶりなんだ。それで、どうしても彼女に会いたくてさ」

さりげなく「ワケあり」なのだということを匂わせると、途端に彼女たちの警戒心は解けた。もともと幸の容姿は女性に警戒心を抱かせにくいものだし、同じく脛《すね》に傷を持つ同士となれば、態度が一変《いっぺん》するのも無理はない。

やはり自分が来て正解だったなと思った。伊原には言いしれぬ迫力や雰囲気はあるが、それは裏だの闇だのといった気配を漂わせるものではない。この少女たちと対峙《たいじ》したところで、与えるのは威圧感だけだったはずだ。

「去年からやってるって子、知ってるよ。相方《あいかた》のほうは最近だって言ってたけど。さっきあっちで見た」

「二人とも今日はキャミ着てたし、白とピンク探せば見つかるんじゃん」

「ありがと。じゃ、頑張って」

本来なら彼女たちの行為は激励《げきれい》できるものじゃないのだが、ここは一応言っておく。手を振りながら別れ、さりげなく伊原と合流して、彼女たちの視界から外れたところでお互い近くに寄った。

自然と溜め息が出てしまった。

「あっちのほうで、白とピンクのキャミ着た子たち探そう。去年からキャッチやってるらしいから、なにか知ってるかも」

「意外にすんなり聞きだしてきたな」

「まぁね。同類って思われたんじゃねーの。年も近いしさ。ひょっとしたら、こういう聞きこみは俺のほうが向いてるかもしんないね」

なにげないふうを装《よそお》い、幸は伊原からの返事を待った。だが聞こえてきたのは、ふーんという、そっけない声だけだった。肯定なのか否定なのかもわからない。

だがここで拗《す》ねるほど幸は子供ではない。気を取り直し、それらしい姿がないかを見渡した。

伊原が先に見つけたのは、視界のよさからして当然だった。ひとつ先の角《かど》にキャミソールを着た二人組がいた。剝《む》きだしの腕と肩が、見るからに寒々しい。

「今日なんかまだ寒いだろうにな」

気が知れないという様子で伊原は苦笑した。真夏と違って暑いわけでもない今頃は、日によって夜はかなり涼しい。今日もそうだ。だからこそ、キャミソール姿の女性は少なく、探すのに便利な特徴となっていた。

「行ってくる」

「頼むよ」

幸は少し歩調を速め、二人組に近づいていった。伊原は伊原で、先ほどのように離れたところで待っているのではなく、通行人のような顔をして通りすぎ、少し先で立ち止まって携帯電話を開いた。

まっすぐに近づいていくと、彼女たちは幸に気づいて視線をあわせた。左側の少女に幸は見覚えがあった。

ビンゴだ。探している少女と組んでいた子だった。

「あれ、相方替えたんだ？」

親しげに声をかけると、向こうも幸の顔を覚えていたらしく、少し意外そうながらも表情を和《やわ》らげた。

「そっちこそ最近見なかったじゃん。どっか場所替えてたの？」

「まぁね。前に一緒にやってた子は？」

「ユカのこと？　あの子だったら渋谷のほうでキャバ嬢やってる……んじゃん？　辞めてなければねー」

　棘のある言い方だった。いまは没交渉《ぼっこうしょう》だということも伝わってくる。それでもなにか引きだせる情報はないかと、幸は素知《そし》らぬふりで尋ねた。

「へぇ、一緒に行かなかったんだ？」

「別にそこまで仲よくないし、っていうかマジムカつくし。だって自慢すんだよ？　渋谷歩いてたらスカウトされたとか、あちこちに店がある有名なとこだとか、いくらもらえるとかさぁ」

「うわ、感じ悪《わる》っ」

「やっぱそう思うよね？　もうさ、アドレスとか全部消しちゃったよ。向こうからもかかってこないし」

　それからひとしきり彼女は元相棒の悪態をついていたが、タイミングを見計《みはか》らって、幸は慌てて時計を見た。

「あーごめん、仕事中だったんだよな。じゃましてほんとごめん。俺も行かなきゃ遅刻だから、またね」

　愛想よく笑いながら手を振って立ち去ると、「またねぇ」という声が追ってきた。一緒に

いた子は終始黙っていたが、視線はずっと幸に向けられていた。

さりげなく伊原も同じ方向に歩いてきて、十分離れたと見ると幸に並んできた。

「収穫あったよ。家出した子って、確か友夏里《ゆかり》って名前だったよな」

「ああ」

「俺が探してた子、ユカって呼ばれてたみたいだよ。いまは渋谷でキャバ嬢やってるかもって。店は支店があちこちにあるとこだってさ」

「それだけわかれば十分だ」

後頭部を軽くぽんと叩かれ、幸は面映《おもは》ゆい気持ちになる。

「OK？」

「ああ、店も特定できるだろ。おまえの協力がなかったら、延々とこのへんで聞きこみしてるところだったな。あとはまぁ、本人が辞めてないといいんだが」

「これから行く？」

「いや、とりあえずメシだな。なにがいい？　なんでもいいぞ。ご褒美《ほうび》だ」

ウィークデーに外食なんて久しぶりだ。言われると急に腹が減ってきて、八時を過ぎたのだから当然かと思った。

「えーと、とりあえずもうちょっとこのへんから離れたとこ。ほら、前につれてってくれた串揚《くしあ》げの店、あれがいい」

「わかった」

外食もだが、この満足感も久しく味わっていなかったものだ。まだ家出人を発見したわけではないから、本当には満足するには早いのだが、役に立つところを見せられただけで幸は十分だった。

足取りは自然と軽くなる。

「そういや、もうひとりの子がずっとおまえの顔見てたな」

「え？　あ……さっきの？」

「アイドルでも見るような目だったぞ。やっぱりその顔は結構な武器だな。男も女も引っかけられそうだ」

「ひとのこと言えねーだろ」

すかさず言い返したが、伊原は納得したのか相手にしていないのか、それっきりなにも言わなかった。次に口を開いたときは、まったく別の話題になっていた。

今日は気分がいいから、こんなことはいつまでも気にしない。幸は伊原より前に出るくらいの勢いで、夜の街を歩いていった。

「なにかいいことあったの？」

店に出てきたときから上機嫌の幸に、常連客たちは何度も同じようなことを尋ねてくる。いや、同じひとが何度も尋ねるわけではなく、新しく来店するたびに訊かれているということだった。

そして本日五人目の男がやってきた。法律事務所をかまえている古城《こじょう》という弁護士だ。彼はもともと有純の知りあいだったらしい。

「あれ、いいことでもあった？」

「うん。あったんです」

「幸ちゃんね、昨日克さんの仕事手伝って、聞きこみで大活躍したんだってさ。おかげで昨日のうちに家出人が見つかったらしいよ」

「へぇ」

「超スピード解決だよ。ここまで早いのは初めてだって、克さんに褒められたんだよね」

樹利が代弁《だいべん》してくるのを、幸は頬を緩《ゆる》ませながら聞いていた。

昨日の伊原は、食事後に幸をここまで送ったあと、渋谷へと出向いていったのだ。幸は先に眠ってしまったので結果を聞いたのは今朝のことだったが、伊原はすぐに店を特定し、ちょうど店に出ていた友夏里を見つけたという。

逃げられるといけないので滞在場所だけ特定し、朝一番で親に連絡して呼び寄せ、一緒に会いに行ったのだった。無事に対面を果たしたという連絡が入ったのは昼すぎのことだった。

そういったことを樹利が説明すると、古城は頷きながら言った。

「幸ちゃんを渋谷まで連れていかなかったのは正解だな。保護者の責任を忘れてないのは結構」

「あ、古城さんが弁護士の顔した」

「俺は常に弁護士然とした顔してますよ」

そう嘯《うそぶ》く男に、実のところ幸はとても世話になっている。今の生活を法的に保証するため、いろいろと動いてくれたのが彼だったのだ。もちろん伊原からの依頼による仕事だったわけだが、それ以上のことをしてくれたのは知っていた。

「伊原さん、ちゃんとしてくれてますよ」

「知ってるよ。ああコーヒーね」

古城の視線が幸から樹利に流れていくと、そのタイミングを待っていたように尾木が視界の隅で立ちあがった。

「もっと詳しく聞かせてよ、幸ちゃん」

興味津々《しんしん》といった様子で尾木はカウンター席まで移動すると、スツールをひとつ空《あ》けて幸の並びに座った。

「あんまり話せないですよ。守秘義務ってやつです」

「わかってるわかってる。だから、当たり障《さわ》りのない範囲でさ。俺、探偵とかそういうのすげー興味あるんだよ」

「っていうか、ほとんど話せることないですよ。だって俺、ちゃんと関わるの初めてだし、他は電話番くらいしかしてないし」

「昨日の話でいいって。結局、その子ってどこから家出してきたの？」

「だめだめ。尾木さん、幸ちゃんを困らせないでほしいなぁ」

口を挟む樹利は顔こそにっこりと笑っているが、どこか空々《そらぞら》しい。普段から常連たちには遠慮がなく、相手が年上だろうがなんだろうが言いたいことを言う樹利ではあるが、そこには親しみが込められており、こんなふうに温度が低いものではない。

幸が感じていることは尾木も察したようで、ごまかすように彼は笑う。

「別に困らせるつもりじゃないって、ほんとにちょっとした興味だし」

「とかなんとか言って、ほんとは幸ちゃんに気があるんだったりして」

「あら、バレた？」

あっさり肯定されて、幸はぎょっとした。なにも言えずにただ身がまえた幸の代わりに、古城はのんびりと釘を刺した。

「尾木くん、それは冗談の範囲にしておくのが得策《とくさく》ってものだよ。伊原くんに睨まれると、君のところの上司が困るからね」

「いやいや、でもほら、アタックかけるのは自由なはずじゃないっすか」

「どうかねぇ。俺も冗談で口説くことはあるけど、怖いから本気ってのは無理だな。ああ、どうもありがとう。そろそろ上がり？」

古城は幸からコーヒーを受け取ってから、視線をカウンターのほうへと流した。つられて目で追うと、樹利が幸の勉強道具を片づけているところだった。

早く上がる予定などはないのにと思っていると、樹利はテキストやノートをトントンとテーブルでまとめた。

「ここにいても勉強にならないから、戻ってやったほうがいいよ。はい」

「あ、うん」

樹利は尾木を幸に接触させたくないらしく、露骨な態度を隠そうともしない。当然尾木は不満そうだったが、一応は雇い主の飯塚から注意はされているそうで、帰る幸を黙って見送った。

「やっぱりさ、裏がありそうな気がしてしょうがないんだよ」

窓を拭《ふ》く手を止めることなく、有純はそんなことを言ってきた。

外側は業者に頼んでいるが、中には入れたくないので有純が定期的に掃除をしている。全部で八枚あるガラスは残すところあと一枚だ。

「同意見だ。調子がよすぎるしな」

「最初に心配した意味での下心じゃないね、あれは」

有純は昼どきだけ店に出ているので、何度も尾木との接触はあるし、観察する機会もたっぷりあったのだ。その上での彼なりの結論だった。

伊原はモバイルにデータを打ちこみながら、顔を上げずに軽く顎を引いた。

「そのようだな」

「となると、目的はなにかな。まさか例の坊ちゃんが絡んでたりはしないよね？　幸ちゃんにつきまとってたアレ」

「それはないだろうな。むしろ俺じゃないか」

「っていうと？」

「たとえばうちの依頼内容に興味がある……とかな。樹利が言ってたんだが、家出人捜索の話をやたらと聞きたがったらしい。俺にも事務所に来ていいかと訊いたしな」

だが目的は不明だ。金が絡んでいるのか、感情で動いているのかもわからない。伊原たちは尾木のことを知らなすぎるのだ。

だが樹利を含めた三人の意見は、尾木にはなにかあるということで一致している。古城あたりも思うところはあるようだ。

「ちょっと調べたほうがいいのかな」

「そうなんだが、俺はすぐには動けないな」

「じゃ、僕がやろうか。なんとかなると思うよ。君らの留守中は多少時間もできるわけだしね」

「頼む」

伊原がパソコンを閉じるのと、有純がブラインドを下ろすのはほぼ同時だった。窓拭きは終了したようだ。

「で、それはいいけど準備はできたの？」

「幸がしてる」

「まったく……幸ちゃんが来てから、ますます克峻は自分のことなにもしなくなったよね。旅行の支度までさせるかね普通」

有純の文句は概《おおむ》ね甘受《かんじゅ》するしかなかったが、ただ一点だけ異議《いぎ》を唱《とな》えたい部分がある。

それは旅行という部分だ。

「仕事だ、仕事。遊びに行くわけじゃない」

「どうでもいいよ、そんなこと。とにかく早く戻って、自分の荷物は自分で作りなさい。ほら、行った行った。お土産《みやげ》はチーズボールと長なす漬け。それと日本酒ね。純米酒で、淡麗辛口《たんれいからくち》。四合瓶《しごうびん》でいいから」

追い立てられるようにして事務所をあとにし、伊原は自宅に戻った。寝室では幸が着替えをボストンバッグにつめているところだった。

今日から伊原は仙台へ行く。葛西側から依頼があったからだが、正直なところ気は進まなかった。内容が問題なのだ。

そして誰にも言うつもりはないが、普通ならば断るか、形を変えて受ける仕事だった。いくら葛西からの依頼でも、すべてを無条件で引き受けるつもりはなく、向こうもそれは承知だ。なのに今回、あえて無理を押してきたのは、伊原が葛西に借りを作ってしまったからだった。

（まぁ、仕方ないか……）

葛西の力が必要だったのだ。幸を手元に置くために、伊原は使えるものはなんでも使った。祖父の名前も出したし、葛西に便宜《べんぎ》を図《はか》ってもらいもした。おかげで伊原は幸の正式な保護者という立場を手に入れた。

だからそのあたりを見こして葛西が依頼したのだとしても、伊原は甘んじて受けるしかないのだった。

「できたか？」

「うん。自分のはもう終わってる。伊原さんのもたぶんこれでＯＫ」

　ボストンバッグのファスナーを閉めて幸は立ちあがる。

　仙台へ行くから同行しろと幸に言ったのは、つい三日前のことだ。幸は戸惑いながらも承諾《しょうだく》し、外出中の準備の一環としてスープやシチューのストックを作っていた。

　昼すぎにここを出て、夕方にチェックインできれば余裕だ。とりあえず今日の六時半から仕事なのだ。

「ひとつだけ訊いていいかな」

「うん？」

「仕事……なんだよな？　今度は俺のことじゃねーよな……？」

「ああ、違う。かなり気が乗らん仕事でな。だからおまえをつれて、少しでも楽しみを作ろうと思ったんだ」

「へぇ、そういうときもあるんだ？」

　幸は意外そうな、だがどこか嬉しそうな顔をした。

　彼はときどきこうして伊原の不完全な部分を喜ぶ癖があった。至らない部分だとか子供じみたところだとかを歓迎しているらしい。

　おかしな子だと、ときどき思う。普通は逆だろうに。

「もうわかってるだろうから言うが、葛西さんからの依頼でな」

「うん。俺がらみじゃないなら、そうかなって思ってた。あのさ、問題ない範囲で、俺にできることあったらやるよ」

「そうだな。まぁ、そういう状況になったらな」

しかしながら出番はないだろうなと内心で呟く。今回幸をつれていくのは、尾木と接触させないようにという意味もあるのだ。

「葛西さんって、いつも伊原さんに頼むわけ？」

「あのひとも慎重だからな。足下《あしもと》を掬《すく》われないように、動かす相手は相当選んでるよ。ありがたいことに、俺はそのうちのひとりってわけだ」

「ふーん」

幸にはそう言ってみたが、実際に外部の人間で葛西の調査を引き受けているのは伊原だけだ。全幅《ぜんぷく》の信頼を寄せられているという意味だが、つまり伊原はそれだけ葛西に関することをいろいろと知っているということだ。

きれいごとだけではやっていけない。葛西のきれいではない部分も、伊原はよく知っていた。

「そろそろ行くか」

「あ、うん」

それぞれの荷物を持ち、部屋をあとにする。予定は二泊だし、有純もいるので特に留守宅を意識することもなく外へ出た。

今回のことを伝えてあるのは嶋村兄弟と古城だけで、彼らにも念のために口止めをしてある。二人していなくなる理由は樹利が適当に考え、他の二人は口裏をあわせてくれることだろう。

家を出てからホテルにチェックインするまでは、だいたい三時間ほどだった。タクシーで東京駅まで行き、適当な時間に新幹線の席を取ってから、軽く食事をした。発車五分前に乗りこんだ新幹線はグリーン車だ。座席の広さに余裕があるので、伊原はいつもグリーンを取る。幸は据《す》わりが悪そうな様子だったが、まもなくして眠ってしまったので着くまで寝かせておいた。

以前も幸と泊まったホテルに入り、同じ部屋に落ち着いた頃には、夕方と呼べる時間になっていた。だが日が沈むまでにはまだかなりあるだろう。

「もしかして、前と同じ部屋？」

「ああ」

「決めてんの？　偶然？」

「指定してるよ。同じほうが落ち着くからな。眺めも悪くないし」

「はぁ……」

理解できないといった感情を隠そうともせず、幸はソファに身を預けた。

今回も彼はテキストを持ってきたはずで、伊原が仕事をしているあいだは、熱心に勉強することだろう。

幸は実に楽しそうに勉強をする。母親と決別して家を出てからは、働きづめでほとんどやる時間や余裕がなかったせいで、まるで飢えているように机にかじりつく。本当は樹利の店に出さず、思う存分やらせてやりたいところなのだが、それでは納得しないのも幸という人間だった。

「約束って何時からだっけ？」

「六時半だ。まぁ約束というよりは、その時間からパーティーに出席するように言われてるんだがな」

「は？　なに？　パーティー？」

幸はぽかんと口を開き、まじまじと伊原を見つめた。

「調査対象が出席するらしくてな。どうやらその場でその男に紹介されて、東京に戻ってからそれとなく接触しつつ調べろ……ということらしい」

「えーと……それって、伊原さんはどういう立場で参加すんの？　やっぱり、総理大臣やった祖父さんの孫？」

「そうなるんだろうな」

考えるだけでいまからうんざりしてしまう。

地元での祖父の存在は今もって大きい。それだけ在任中は地元に多大なる恩恵をもたらしたということだった。支持層の広さもさることながら、単純に人柄でも人気を得ていたと伊原は聞いている。

当然のことながら、伊原自身はこの地になにもしていないし、子供の頃に離れてしまった身でもある。政治の世界とも無関係だ。しかし伊原の身元を知ったとき、相手がどんな反応をするかは想像に難《かた》くない。

出るのは溜め息ばかりだった。

「やっぱ嫌なんだ？」

「まぁ、気は乗らんな」

「そういうのって、断ったりできねーもんなの？」

「できないときもあるんだよ。それより、夕飯はどうする？」

伊原は早々に話題を変えた。あまり長々とこの話をしていると、幸が気づいてしまいかねない。自分の件での借りだと知ったら、きっとまた幸は気に病《や》んでしまうだろう。そして幸の夕食に関しては、出かける前に確認しておきたいことでもあったのだ。

「え、なんか適当にやるからいいよ」

「おまえ、ルームサービスは嫌なんだろう？」

「嫌っていうか、緊張すんだよ。どっかで買ってくるから大丈夫。外で食べたりしねーからさ」

こちらの言いたいことをわかっていて、幸は先まわりをした。大人びているとはいえ、まだ十七歳だ。見知らぬ土地で、夜にひとりでふらふらされるよりは、部屋でおとなしくしてくれていたほうが遥かに安心できるというものだ。

「伊原さんは、パーティーで食べんの？」

「どうかな。食ってる余裕があるかどうか……。ま、帰ってきてからなにか頼んでもいいしな」

「ふーん、だったら待ってるよ」

「確実に何時って言えないぞ。終わったあと、どこかにつれだされる可能性もあるしな」

予測は不可能だ。なにしろこんなことは初めてで、なにがどう転ぶのか、きっと葛西にだって読めないだろう。

「いいよ。なんかシリアルバーみたいの齧《かじ》っとくから、一緒に食おうよ。遅くなったって別にいいし」

「わかった」

結局は押しきられる形で夕食の約束をした。上手くいけば遅い夕食、いかなければ夜食になる。

伊原はそれから身支度を始め、幸を部屋に置いて外出した。
ああは言ってもやはり気の重い仕事だった。

賑々《にぎにぎ》しく開かれている会は、一応パーティーではなく懇談会《こんだんかい》と銘打《めいう》たれている。主催《しゅさい》は地元企業が名を連ねる組合だと聞いた気もするが、詳しいことはわからなかった。どうでもいいことだからだ。

実際のところ、食事をする暇などありはしなかった。

葛西たち以外に知りあいなど誰もいまいと思っていたのだが、会場にはぽつぽつと伊原のことを知っている者がいて、一度捕まるとなかなか解放してはもらえなかった。そのうちに次から次へとひとを紹介され、もう一時間以上も挨拶と雑談を繰りかえしている。

「こちらの彼はね、江藤《えとう》先生のお孫さんなんですよ」

これで何人目かもわからない相手に、地元の名士《めいし》である恰幅《かっぷく》のいい男はこれまた何度目かもわからないことを口にした。

伊原は両親が離婚するまでは祖父の家で暮らしていたので、その頃にこの名士とは何度も顔をつきあわせていた。その後も法事などで会っていたおかげで、向こうは成長した伊原の姿を知っている。そうでなくても長身の伊原は会場にいても目立つから、遠くからでも見つけやすく、パーティーが始まる前にすでに声をかけられてしまったのだった。

名刺を交わし、簡単な挨拶がすむと、相手は名刺の肩書きに目を通したあと、お定まりのことを訊いてきた。ときどき出番がある、もう一枚の名刺だった。

「こちらは、どういった方面の会社なんですか？　すみませんね、こういうことには明るくないもので……」

男は市内にあるそこそこ大きな病院の院長だという。経営者は彼の父親で、自分は医者として医療に携《たずさ》わっているらしい。彼は強い興味を上手に押し隠し、さりげなさを装っている。いままでの質問者の中ではかなり不躾ではないほうだ。もっと露骨な言い方をした者も大勢いた。

「母方の祖父から受け継いだだけなんですよ。ビルや駐車場を持っていましてね。飲食店をやらせたりしています」

まったくの嘘ではないので、とりあえず肩書きを言うときはこちらにしている。ビルといってもあの巣窟《そうくつ》と、もうひとつのマンションの建物だけだし、店というのは樹利に任せているあれのことだ。実態はそう大したものではないが、言葉で表せばそれなりに相手を納得させられる。

現に目の前の男は感心した様子だった。

「そうですか。江藤先生ではなく、あちらのお仕事を継がれたんですな。政治に興味はないんですか？」

「ありませんね。正しい選択をしたと思っていますよ。私には葛西先生のような器《うつわ》ではありませんから」

「いやいや、お若いのに会社も経営なさって、立派なものじゃないですか」

「とんでもない」

謙遜《けんそん》ではなく、事実だった。経営というほどのものではない。経理は古城に丸投げしているし、有純も手伝ってくれている。伊原の本業は正真正銘《しょうしんしょうめい》、調査事務所のほうなのだ。もちろん限られた人間しか知らないことだが。

妙な間があったあと、男はおもむろに言った。

「いや、しかしいい男ですな。芸能人がいるのかと思って、びっくりしましたよ。もてるでしょう」

「どうなんですかね」

「またまた。女性が放っておかんでしょう」

笑顔で言われた瞬間に納得した。男の目論《もくろ》みも知れた。男は見たところ五十代の半ばといったところだ。年頃の娘でもいるのかもしれない。

案《あん》の定《じょう》、男はそれを裏付けることを言いだした。

「ご結婚は？」

「いえ。でも、つきあっている相手はいますよ。私も向こうも、結婚という形にはこだわっていないんですよ」

嘘はいっさい言っていないぞと、伊原は心の中でつけたした。

けっしていい加減なつきあいではなく、パートナー認識なのだというニュアンスを強く出すと、男は気落ちした様子で相づちを打った。わずかな変化だったが、伊原は見逃さなかった。

言う前に諦《あきら》めてくれたのは幸いだ。断る面倒がない。

今日だけでも、これで三回目だった。前の二回は、ストレートに「いいお嬢さんがいる」などと切りだされてしまった。初対面で言うことかと、口にも態度にも出さずに悪態をついたことは、帰ったら有純にだけ言おうと思った。幸に余計なことを言うつもりはない。

伊原は急に周囲の視線が動いたことに気づいた。

「克峻くん」

視線を引きつれて近づいてきたのはもちろん葛西だ。会場の一画《いっかく》に設《もう》けられたテーブル席にいることが多かったのだが、あろうことか自らこちらに来てくれてしまった。

多くのひとはなにごとかと思うだろう。どこの誰とも知れない若造《わかぞう》に、葛西から近づいて声をかけたのだから。

せめて向こうから呼びよせてくれればよかったのにと思ったが、態度には出さない。パーティーに引っぱり出したり、こんな真似をしたり、確実にこれは嫌がらせだ。いや、嫌がらせというのは言葉が悪い。今までさんざん葛西の誘《さそ》いを蹴《け》ってきたことへの、ささやかな意趣返《いしゅがえ》しなのだろう。

「ひとが悪いですよ、先生」

「ちょっとした意地悪ですよ。君は執拗《しつよう》に私を避《さ》けるからね」

葛西が屈託《くったく》のない笑みを浮かべると、周囲の空気がざわりと動いた。作った顔ではないが、故意に隠さなかったことは想像に難くない。まして敬語だ。会話が聞こえている者たちが仰天《ぎょうてん》しているのが手に取るようにわかる。

やはり食えない親父だと、伊原は内心で溜め息をついた。

「表舞台はごめんです。胡散臭《うさんくさ》い探偵風情《ふぜい》を、こんな場所に引っぱり出さないでくださいよ。場違いだ」

さすがに探偵の部分は声が通らないように配慮した。この会場に来てからの発言に齟齬《そご》があっては葛西に迷惑がかかる。

「謙遜《けんそん》でしょう。堂々としていて、立派なものですよ。やはり惜《お》しい。相変わらず政治に興味はないんですか」

「ありませんね」

むしろ狙いはこっちだったのかと、今さらながらに気がついた。

葛西には伊原より少し年上の娘がいるだけで、その娘は十年ほど前に反対を押し切ってアメリカ人と結婚し、ずっと向こうで暮らしている。ようするに葛西もまた二世議員を望めないのだ。

「いつか君に返せる日が来ると信じているんですけどね」

「残念ですが、そんな日は来ないですよ。困ったな、先生がそんなことを企《たくら》んでいたなんて思いませんでしたよ」

ことを急いで借りを作ったのは失敗だった。まんまとこんな場所に引っぱり出され、今のところは葛西の思惑《おもわく》通りに進んでいる。

（年季が違うか）

まして生きている場所も違う。魑魅魍魎《ちみもうりょう》が跋扈《ばっこ》するようなあの世界で、この男は何十年も生き抜いているのだ。もとより伊原などに太刀打《たちう》ちできる相手ではない。老獪《ろうかい》という言葉が頭に浮かんだ。

そしてまた葛西の筋書き通りにことは運んでいった。

「高田先生がおいでになりました」

よく見知った秘書が、そっと葛西に告げた。

近くまで来ていたのは、今回の依頼の主目的たる人物だ。いや、今となってはどちらが本当の目的なのか怪しいものだったが。

とにかく調査対象は向こうからやってきた。これも計算にあったのかと考えると恐ろしくなってくる。

「お話中に申しわけありません。私はそろそろ出なければなりませんので、ご挨拶をさせていただこうと思いまして」

声をかけてきたのは若い二世議員・高田《たかだ》政浩《まさひろ》だ。フレームレスの眼鏡に、短く整えられた髪。好き嫌いはあるだろうが、容姿はまぁ悪くない。事前に渡されたプロフィールによれば学生時代はテニス部だったらしく、それなりにいい身体をしていた。

彼が亡くなった父親の跡《あと》を継ぐ形で当選を果たしたのは二十九のときだと聞いている。葛西と同じく与党の最大派閥《はばつ》に属するはずだが、当選二回目ではまだまだ目立つ存在ではなかった。

プロフィールを見たときに抱いたイメージは絵に描いたような坊ちゃん議員だったが、実際に会ってみるとそれは間違いだったとわかる。冷え冷えとした、油断のならない目をした男だ。

のんびりと観察しているあいだに、葛西と高田の話は伊原のことになっていた。これまでの連中と同じく紹介してくれということだった。どうやらすでに伊原が何者かについては知っているらしい。会場のあちこちでその話がなされているのだと、嬉しくもない情報まで耳に入れてくれた。

互いの紹介が終わっても、高田は帰るそぶりを見せなかった。

(最後の挨拶だったはずだろうが)

話しかける方便《ほうべん》だろうとは思っていたが、高田はなに食わぬ顔でボーイを呼び、葛西と伊原に新しいドリンクを勧《すす》めた。

「こういった場に出られるのは初めてではないですか?」

「ええ。今日は葛西先生にだまされましてね」

「それは……また」

伊原の冗談——事実ではあるが——を受けて笑みを浮かべながらも、高田は真意《しんい》を探るようにして葛西を見つめた。

(なるほどね。確かに自然だ)

伊原は舌を巻くしかなかった。

葛西の狙いの中に、伊原の顔を売るというのがあるのは確かだろうが、その目論《もくろ》み自体がカモフラージュにもなっているわけだ。

葛西が伊原を後継者に望んでいる。高田もそう思ったことだろう。まさか自分との接触がお膳《ぜん》立《だ》てされていたとは夢にも思うまい。

「政治の世界に来る気はないかとお誘いしたんですが、見事に断られてしまいましたよ」

「もったいない」

妙に実感がこもった言葉だった。高田自身も二世であるが、総理経験のある――それも圧倒的な支持があった祖父と、最後まで目立った活躍のなかった父親では、受ける恩恵が違うことは伊原にでもわかる。

「伊原さんは、今はどちらに？」

「東京です。両親が離婚して、母方に引き取られましたのでね」

「そうですか。では、ぜひ今度あちらで食事でもいかがですか。同じくらいの年の、違う仕事の方と話すのが好きなんですよ」

「ええ、ぜひ」

普通だったら社交辞令でしかない言葉だろうが、おそらくあちらは遠からず連絡を取ってくるだろう。そういう気配をひしひしと感じた。

それからまもなくして高田は会場をあとにし、葛西も別の人間と話すために離れていった。やたらと世話を焼いてくれた地元の名士も今は姿が見えない。

ここへ来て初めて得たひとりの時間だ。目的はもう果たしたし、このまま抜けて帰ってしまっても問題はないはずだった。いまは八時半をまわったところだから、余裕で九時には部屋に戻れる。

伊原はバンケットルームの外へ出ようと、ひとのあいだを縫って歩いた。視線が追ってくるのは気にしない。のんびり歩いていると声をかけられてしまうかもしれないので、いかにも急ぎだという気配を漂わせて歩いた。

バンケットルームを出ると空気が一変した。あからさまに空気がいいし、温度まで違っていた。

さてホテルのエントランスへ向かおうかと思ったとき、前方から見覚えるある男がやってきた。トイレにでも行ってきたのか、会場を抜けて戻ってきたようだった。

男は視線を下に落とし、やけに縮こまって歩いている。ただ歩いているだけなのに緊張感を纏《まと》っているのがどうにも不自然だ。

（こいつは……確か、あのガキの）

脳裏《のうり》には数ヶ月前に対峙した青年の顔が浮かんでいた。幸につきまとっていた浅はかで小生意気な子供だ。二十歳はすぎていたが頭の中身は呆れるほど幼く、そのくせ小賢《こざか》しいところもあった。

目の前から歩いてくるのはその父親で、県議会議員を務めている男だ。会うのは初めてだが、いろいろと調べたときに写真は見ている。

（ま、いい機会か）

そう思いながら、伊原はにこやかに声をかけた。

「神沼《かみぬま》先生でいらっしゃいますか」

「っ……」

びくりと身をすくめるのが目にもはっきりとわかった。

ずいぶんと顕著《けんちょ》な反応だ。まるで悪戯を見つかった子供のようだ。いや、いじめっ子に遭遇《そうぐう》したおとなしい子供、といったほうがこの場合は近いかもしれない。

どうやら神沼は伊原が何者なのかわかっているようだ。今日のあの会場にいれば、嫌でも耳に入ったのだろう。

「お会いするのは初めてですね。伊原克峻と申します。以前、電話で先生とはお話したことがあるんですが」

「あ……ええ、はい。その節《せつ》は、息子がご迷惑をおかけしまして……」

しどろもどろになりながら、神沼は妙な汗をかいていた。

神沼の息子に手を引かせるために、伊原はてっとり早く葛西の名前を使った。その際に伊原の背景も知らされたはずだ。そして今日、会場で嫌というほど伊原と葛西の関係について見せつけられている。挙動不審《きょどうふしん》も無理はなかった。

「息子さんはお元気ですか」

「は、おかげさまで……あの、今度留学することになりまして。語学を学びに、アメリカなんですが……はい」

「ああ、それはいい。向こうへ行けば興味もどんどん広がっていくでしょうし、新しい友達もできるでしょうしね」

「は、はい、それはもう」

神沼は異常なほどの低姿勢だ。二十歳は年下の伊原に対し、卑屈《ひくつ》なまでにへりくだっている。葛西は一体どんな言い方で釘を刺したのかと苦笑したくなった。

「お引き留めして申しわけありませんでした。お先に失礼します」

「こちらこそ、どうも……お気をつけて」

神沼は最後までおどおどしていた。この分では息子にも再三言い聞かせているだろうし、海外に行ってくれるとなればさらに安心だ。まず大丈夫だろうが、万が一帰国後に接触するようなことがあれば、そのときにまた対処は考えればいい。

エントランスを出ると伊原は歩いて宿泊先へと戻った。タクシーを使うほどの距離でもない。

部屋に戻ると、予想していた「おかえり」の声はなく、片方のベッドに小さな山ができていた。

枕元には広げたままの英単語集。枕に片側の頬をくっつけて眠っている顔は、普段と違い年相応のものだった。

さて、どうしたものか。起こすのは忍びないが、食事も取らせてやりたい。

伊原はとりあえずシャワーを浴びることにした。会場で染《し》みついた雑多な匂い――特に煙草のそれを落としてしまいたかった。

　幸が目を覚ますのはかまわないので、音に注意することもなくシャワーを使う。多少なりとも緊張感はあったらしく、それを流せた気がしてほっとした。

　バスローブをまとって出ていくと、ベッドの上で幸はぼうっと座りこんでいた。浴衣《ゆかた》が乱れていい眺めだ。

「おかえり」

「いつから寝てたんだ？」

「んー……とりあえず暗くなってから。寝る気なかったんだけどなぁ……」

　ぶつぶつ言いながら浴衣の乱れを直して幸はベッドを下りた。すぐさまルームサービスメニューを手にするあたり、よほど空腹感があるのだろう。十代の男としては至極《しごく》当然のことだ。

　ずいぶん迷った末に幸が決めたのはビーフカレーと本日のスープ。伊原はコーヒーも追加してオーダーしてやった。伊原はクラブハウスサンドイッチだ。どうせひとつくらいは幸が欲しがって食べるだろう。

「やっぱパーティーで食べなかったんだ？」

「食べられなかった、が正しいな。祖父の知りあいに捕まってな、親切なことに次から次へと、ひとを紹介してくれた」

おかげで名刺が大量に増えた。葛西の思惑にもっと早く気づいていたら、探偵としての名刺を用意したのにと思う。

「なんかちょっと疲れてるっぽい」

「わかるか」

「うん。伊原さんでも、そんなふうになるんだな」

ははは、と楽しげに笑われるのは、複雑な心境だ。一体自分をなんだと思っているのかと問いただしたくなる。

伊原は冷蔵庫からミネラルウォーターを出し、渇《かわ》いた喉《のど》を潤《うるお》した。

「そういや、神沼の親父に会ったぞ」

「あ……そっか。そういう集まりなんだっけ」

「それはどうか知らんが、とにかく来てた。あのガキは今度アメリカに留学するそうだ。脅《おど》しも効いてるようだし、もう心配はいらないな」

「別に心配なんかしてねーし。っていうか、もう忘れてた」

「忘れたのか。へぇ……」

「なんだよ」

意味ありげに呟いてみせた伊原に、幸は探るような視線を送った。予想外の反応への驚きと、ほんの少しの警戒。次になにを言われるのかを先まわりしてあれこれ考えているのが手に取るようにわかった。

　どんな顔をするだろうと思いながら、伊原は言った。

「俺たちに出会いをくれたのはやつなのに、忘れたとはね」

「えっ……あ、いや……それはそうだけど、でもさ……」

「俺は覚えてるぞ。あのときのおまえの顔だとか、最初に腕に飛びこんできたときの感触だとかな」

「お、俺だって覚えてるって！」

「どうだか」

　意地悪く言い放ち、伊原は幸に近づいた。見あげてくる顔は、からかわれているこの状態に少しばかり不機嫌だ。もちろん本気で怒っているわけではなく、どうやって打破《だは》してやろうかと必死なのが見て取れる。

「初めてセックスしたのも、あの日だ。まさか……」

「忘れるわけないじゃん。よく考えたら伊原さんてとんでもねーよ。俺が具合悪いの承知で、初めてなのに平気でやるような男なんだよな」

「今さらだろうが。ここが家だったら、俺がどんな男かってことを思い知らせてやるんだがな」

「もう知ってるよ」

嫌ってほど。幸はそうつけたして笑った。

細い顎を指先で掬い、伊原は屈んでキスをする。出先ではセックスしないことを知っているから、幸はなにを言っても余裕だった。

本当に残念だ。しかしながら、伊原はこちらではいろいろと不自由なのだ。なんだかんだと言いながら、葛西や亡き祖父の影を振り払えないのが悔《くや》しくもある。

そうだ。おとなしくしていることはない。バレさえしなければ、羽目《はめ》を外したってかまわないだろう。

「……痕跡《こんせき》が残らなければいいのか」

「は？」

「バスルームとかな。ああ、それがいい。飯《めし》を食って少ししたら、しようか。明日の観光に支障が出ない程度にな」

「え、なにそれ……マジで言ってんの？」

引きつった顔をしながら、幸は伊原の真意を探ろうとしている。冗談なのか本気なのか、わからないのだろう。

伊原にしてみれば半々というところだ。幸の反応、出方でどちらにでも転がる。

幸が口を開きかけたとき、ルームサービスの到着を告げるチャイムが鳴った。

「続きはあとでな」

ちゅっ、と唇にキスを落とし、伊原はドアを開けるためにベッドから離れた。今日の夕食は、戸惑う幸を見ながらという楽しいものになりそうだった。

帰京したのは、翌々日。二泊三日の旅程《りょてい》のうち、最初から仕事は初日だけであとは休暇と考えていた。市内だけでなく、足を伸ばして前回は行かなかった場所を案内し、昼すぎの新幹線に乗りこんだ。

楽しそうなところへ水を差すのが嫌で黙っていたが、そろそろ昨晩得た情報を耳に入れてもいい頃だろう。走りだした電車の中で、伊原は「実は」と切りだした。

「昨日、有純から電話があってな」

「知らなかった……いつ？　俺が風呂入ってるとき？」

「そうだ。用件は、尾木についてだ」

「……は？」

思ってもみないことだったのか、幸はひどく怪訝そうな顔をした。

そこで伊原は、こちらへ来る前に有純が尾木のことを調べると宣言していたことを教えてやった。

『意外と簡単にわかったよ。まいったな、僕は探偵にも向いてるのかもしれない』

電話口で有純は自慢していた。はいはいと聞き流し、伊原は調査報告を受けた。昨日の十一時すぎのことだ。

「尾木はフリーのジャーナリストだ。ま、そうはいっても大した仕事はしていない。何度か記事を持ちこんで雑誌に載ったことはあるが、でかいネタじゃなかったそうだ」

「ジャーナリスト……」

「主に政治家がらみのネタを追ってたらしい。過去形で言っていいかはまだ不明だな。まだ現役かもしれない」

「……政治っていうと、やっぱ葛西さんのことで？　伊原さんと葛西さんの関係を掴んで、潜《もぐ》りこんできたってわけか？」

「可能性があるって話だ。やけにうちの仕事に興味を持ってたしな」

「けど、探偵っていったら、結構みんな興味持つんじゃねーの？」

「そうだな。だから、可能性だって言っただろ」

「うーん……」

幸はしばらく黙りこみ、いろいろと考えを巡《めぐ》らせていたようだった。尾木と会ってからのことを思いだしているのかもしれない。

伊原としても、現段階でなにも断言する気はなかった。幸が言ったように、元ジャーナリストの純粋な興味での発言だったのかもしれないし、さほど深い意味はなくとも、常になにかネタがないかとアンテナを張っているだけかもしれない。

とりあえず、会ったらそれとなくつつき、その反応いかんでまた対応を考えればいいことだ。

「あのさ」

ずいぶんと経ってから、幸はいきなり伊原に向き直った。身を捩《よじ》るようにして、本当に身体ごと向いたのだった。

「どうした？」

「俺とこーゆーことになってるのって、ヤバイ？」

「なにを言いだすのかと思えば……」

考えているうちに心配になったのだろうか、幸の顔は真剣そのものだ。とかく彼は自分の存在がマイナス要因になることを恐れている。相手の負担《ふたん》となったり迷惑になったりするのが許せないらしい。

放っておくべきではなかったなと、伊原は溜め息をついた。

「別にどうということもないな」

「そうなのか？」

「俺は一般人だぞ。失うような立場もないし、おまえとの関係だって証拠を残すようなへマはしない。今回も慎重だったろ?」

　口角《こうかく》を上げて笑って見せると、幸はカッと顔を赤くした。おとといの晩のことを思いだしたのだろう。

　結局、伊原は思いつきの提案通りに、バスルームでことに至ったのだ。シャワーは出しっぱなしにして声が響かないようにするのも忘れなかった。

「仮に潜入取材《せんにゅうしゅざい》だったとしても、狙いは葛西さんのほうだろうな。事務所に入りたがってたことだし」

「依頼の内容目当て?」

「そうだ。葛西さんはクリーンなイメージが強いし、失言もまずない。実際にクリーンかどうかはともかく、隙のないひとではあるからな。それを覆《くつがえ》すようなネタを摑めば、大スクープってわけだ。あるいは、それをネタに強請《ゆす》るか……だな」

「そんなひとじゃねーと思うけど……」

「だといいがな」

　曖昧に流すしかなかった。伊原は尾木のひととなりを語れるほど彼と話したことがない。はっきりしているのは、なにか目に暗いものがあるということだけだった。そしてあれは、なにかを渇望《かつぼう》している目でもある。

「これからは気をつける。下手なこと言わないようにするよ」

「俺としては、やばそうな男に注意してくれたほうがありがたいんだがな」

「神沼はもういねーって」

「あのガキとは限らないだろうが。今はいいが、大学に入れば知りあいも増えるし、おまえはどうも放っておけないタイプだしな」

「それは伊原さんたちが年上だからだよ。伊原さんはともかくさ、みんなは親切にしてくれるだけだし」

ひとまずここはそういうことにしておいてやろうと思った。たまたま年上しかいないだけで、同年代がいても同じことになったのではないだろうか。むしろ同年代のほうが、神沼の息子のようになる可能性がある気がする。

「ちょっとばかり親切にされたからって、すぐ信用するんじゃないぞ」

「あそこの人たちは大丈夫じゃん」

子供扱いに聞こえたのだろうか、幸は不満そうな顔をした。

伊原はここらで引き下がることを決めた。口うるさすぎると機嫌を損《そこ》ねかねないし、まだ一応は旅行中だ。雰囲気を悪くすることはない。

車内でコーヒーを買ってやり、それをきっかけに話を変えた。以降はその話に戻ることなく家まで戻った。

幸の荷物はかなりの量だ。着替えだとかテキストなどは宅配便で送ってしまい、持っているのは土産ばかりなのだ。有純と樹利、そして古城の分はもちろんのこと、今回の外出を告げていなかった連中の分まで買ったからだった。駅の土産もの売り場で喜々として買いものをしていた姿が微笑ましく、伊原はあえて止めずにいた。金は十分に持ってきたらしかった。

「重……」

両手いっぱいの土産は確かに重いだろうが、伊原だってひとつ引き受けている。送ればいいのにと思ったが、好きにさせておいたのだ。

「どうする？　直接行くのか？」

「あー、うん。そうする」

二階で持っていた荷物を下ろしてやり、伊原はそのまま最上階へと向かった。どうせ店には人員があり余っているから、一声かければわらわら外へ出てきて、重い荷物を運びいれるのを手伝ってくれることだろう。

部屋では有純が夕食の支度をしていた。

「おかえり。楽しかった？」

「初日の九時頃からはな」

「なるほど。幸ちゃんは店？」

「ああ、土産を配るそうだ。おまえの分は、あとで渡すとさ。で、尾木の件はずいぶん簡単だったらしいな」

伊原はフローリングの床に目をやりながら言った。留守中に床にワックスがけをしたらしく、見違えるようにきれいだ。

「拍子抜けするくらいにね。予定よりずいぶん早く終わっちゃったから、ワックスがけまでしちゃったよ」

「このことは誰かに言ったか？」

「樹利だけ。飯塚さんにはどうしようかと思ったんだけど、ことがはっきりしてからでも遅くないかな……と。克峻のことで、飯塚さんたちが知っているようなことは、尾木に知られても問題ないしね。ま、とっくに調べてるかもしれないけど」

有純の言葉と一緒に、なにかを切るリズミカルな音が聞こえる。家事といい調査といい、なんでもできて便利な男だと思う。

「一家にひとり、嶋村有純だな。嫌味なくらいなんでもできる」

「こういうのはね、器用貧乏っていうんだよ」

「多才って言い張れよ」

「無理。知ってると思うけど、僕は嫌ってほど冷静なんだよ。自分のことは自分が一番よくわかってる。だからって、器用貧乏を卒業しようって気もないしね」

有純がこんな話をするのは初めてだ。意外に彼は自身のことを語ることが少なく、近くにいる伊原や実弟の樹利ですら、彼の内面に触れることは滅多にない。

「それでいいなら、別段問題はないいんじゃないのか」

「いい……って思ってるわけじゃないんだよね。まぁ、いっか……くらいかな。自慢にもならないけど、努力ってものをしたことがなくてさ。ほら、とりあえずなんでもそこそこできちゃったろ？」

「そうだったな」

思いつく限り、昔から有純にできないことはなかったように思う。端《はた》から見れば伊原も同じようなものだったかもしれないが、大きく違うのはそれなりに努力もしたということだ。有純は様々なことにおいて、最初から難なくこなしてしまった。

勉強をたいしてしなくても簡単に医学部に入ったし、国家試験も難なくパスした。だがせっかくなった医者という仕事を、彼は数年で辞めてしまった。いや、彼にとっては「せっかく」ではなかったのだろうが。

「一生懸命なにかをしたってことがないんだよね。勉強も趣味も、仕事も恋愛もさ。あ、誤解のないように言っとくけど、不満はないいんだよ」

わかっていると、伊原は頷く。もしも不満があったら黙っている男ではない。そもそも満足できない現状にしがみつく男でもない。続けているからには楽しみがあるはずだし、充足感《じゅうそくかん》もあるのだろう。

「向上心ってのも、目的意識ってのもないしね。だからなのかな……」

ずっと下を向いて食材を切っていた彼は、ふいに手を止めて顔を上げた。しかし彼は伊原を見たわけではない。まるで遠くを見るような目をしていた。

「幸ちゃん見てると、なんかしてあげたくなっちゃうんだよ。羨《うらや》ましいってのとは違うんだけどね」

「ああ……」

「はー、なんか老《ふ》けたなー自分って感じ。なにこれ、もしかして父性愛《ふせいあい》ってやつ？」

「知るか」

父性だろうが母性《ぼせい》だろうが勝手に抱いてくれ、というのが正直な気持ちだった。恋愛感情や性欲じゃなければなんでもいい。幸のほうでも有純に対しては、亡くなった父親に雰囲気が似てるとかで懐《なつ》いているからちょうどいいだろう。

「で？　その後なにかあったか？」

「尾木が書いた記事をコピーしといたよ。それくらいかな。参考になりそうなものじゃなかったけどね。で、下に行かなくていいの？」

「そうだな。まぁ……とりあえず顔を出しておくか」

店に尾木がいれば、話しかけて様子を見ればいいし、いないなら幸をピックアップして戻ってくるだけだ。

伊原は有純からコピーをもらうと、ざっと目を通しながら二階へ下りた。店には幸と樹利の他に五人の客がいて、土産の菓子をもらって喜んでいた。

安い連中だ。もっとも渡したのが幸だから喜んでいるのであって、同じものを伊原がやったとしてもさほど感謝はされないだろう。

「酒は夜の営業で出すから。特別に冷酒のグラスに一杯ずつサービス。なくなり次第終了ってことで」

樹利はそう言いながらメールを打っている。どうやら常連客たちにいっせい送信するつもりのようだ。

店の片隅には目当ての男――尾木がいた。すっかりここに馴染み、まるで何年も前からこの輪に加わっているような顔をしている。その様子を見る限りでは、怪しいところなどないように思えた。

だがそれも、尾木が伊原に話しかけてくるまでの話だ。

店の入り口に一番近いカウンター席に座ると、すぐさま尾木がやってきた。幸は一番奥の席で、他の客二人としゃべっている。

「どうでした、あっちは」

「どうと言われてもな。幸が楽しかったなら、いいんじゃないか」

「なんすか、それ」

「俺は父方の親戚が向こうにいるし、幸は母親がいる。旅行ってよりは、顔見せついでに遊んできたって感じでな」

「へぇ……そうだったんすか」

「初耳だったか？」

「はい」

当然という顔で頷く尾木を、伊原はじっと見つめた。だが本当かどうかはわからない。どこか不自然なようにも感じられた。

「意外だな。てっきり知ってるのかと思ってたんだが」

「はい？」

「読ませてもらった」

伊原は丸めて持っていた記事のコピーをカウンターに置いた。本名で寄稿《きこう》しているから、ことさらわかりやすかったわけだ。

尾木は目を丸くし、少し黙りこんだあとで苦笑を浮かべた。

「早いっすね。もう調べたんだ」

「念のためにな」

「へぇ、それってあれっすか。新入りが入るたびに調べるんですか？　それとも俺、なんか態度おかしく見えました？」

「見えたな。口で言うわりに幸をどうこう思ってる気配はなかったし、俺の仕事に興味を持ちすぎだ。探偵に興味があるにしては方向が微妙だったしな」

「あー……なるほど、そっか。するどいっすね」

尾木は悪びれるふうもなく言った。完全な肯定ではないが、否定でもない。そして慌てるそぶりもまったくなかった。話をしている伊原だけでなく、樹利をはじめとする常連客の耳もあるというのに、動じる様子がないのだ。

「なかなか図太い神経だな」

「おかげさまで。いや、だって仕方ないってのかな、これってもう職業病みたいなもんなんですよ。食えないんでこっちの仕事に就《つ》きましたけど、あわよくば……って色気がどうしてもなぁ……」

「俺の背景を知ってて入ったのか？」

「いやいや、あとからっすよ。偶然。面接んとき、ちょっとここは特殊だからって言われて、実際ビルのオーナーとかありえないくらい若いじゃないっすか。そんで何者かって調べてみたら、とんでもない人物が出てきちゃったと」

どこまでが本当でどこからが作りなのか、話を聞いているだけでは判別が難しい。これは思っていたより食えない男なのかもしれなかった。

「たまたま、ね」

「そうっすよ。だって普通に募集かけてたし。いやほんとほんと。結局、記事にするような面白いネタもねぇし」

「だろうな。俺は一般人だしな。まぁ、のんびりやってくれ。見ての通り、ぬるいところだからな」

「そうっすね。でも俺、好きですよ、ここ。だから正直ここでこの話されっと、なんか雰囲気的にあれなんすけど」

苦笑まじりの言葉に嘘はないようだった。好きだというのもだし、今の話を聞いていた常連たちが、尾木に対する認識を改めるという意味でもそうだ。もちろん承知の上で伊原は言ったのだ。彼の意識と目的とは必ずしも一致しないだろうから油断するつもりはなかった。

伊原は立ちあがり、こちらを見ていた幸に目を向けた。

「帰るぞ、幸」

「あ、うん。じゃあ……また明日」

幸はどこか戸惑った様子ながらも、伊原について店をあとにした。会話を聞いていたようで、もの言いたげな顔をしていた。

口を開いたのは、乗りこんだエレベーターが動きはじめてからだった。

「あんなこと言ったら、尾木さんがいづらくなっちゃうじゃん」

「いづらいようにしたんだよ」

「ひっでぇ……」

非難を含んだ目と声だ。冗談めかしたところはまるでなく、本気で咎《とが》めているのがよくわかる。

だが予想の範囲だ。幸の性格を考えればこうなるのは目に見えていた。

「尾木に疚《やま》しいところがないなら、そのうち本当の意味で馴染むさ。連中はガキじゃないからな」

「なんか納得できねー」

「俺はおまえほど、ひとがよくできてないからな」

「俺だって別にひとはよくねーよ。伊原さんが疑うのもわかってる。だって、やっぱ偶然にしちゃできすぎてるもんな」

最上階に着くと、幸は降りたところで立ち止まった。短い廊下の先には玄関のドアがあり、開けたら有純に声が聞こえてしまう。伊原はそれでもかまわなかったが、幸はここで話を終わらせてしまいたいらしい。

「たぶん、俺は甘いんだよな。伊原さんほど人生経験ねーし、あんまりつらい目とかあったことねーし」

「少なくとも普通のガキよりはハードな人生送ってると思うぞ」

本気で言っているらしい幸に、伊原は溜め息をもらした。

幸は唯一の肉親である母親から縁を切られ、一人で生きていこうとしていたのだ。朝も夜も働き続け、過労で倒れたことも、どうやら「つらい」できごとには入っていないらしい。あるいは過ぎてしまったから、もういいのか。

「ああなったのは俺の勝手っていうか、意地だったからさ。それに俺、すげー運がいいよ。みんな親切だし」

幸が言うところの「みんな」は伊原をはじめとするこのビル関係者だけではなく、以前幸をアパートに間借りさせていた青年も含むに違いない。確かに甘いと言えば甘いのだろう。あの青年はただの親切で部屋を提供していたわけではなく、メリットがあるからこそだったのだし、幸だってそれくらいのことは認識しているはずなのだ。

きっと幸にはそんなことなど関係ないのだろうが。

「まぁ、ここにいる連中は、いい人間ってわけじゃないが、悪くもないからな」

「いいひとたちだよ。うーん、やっぱ甘い？」

「いや、正しい認識かもな。あの連中、おまえに対しては確実にいいひとってやつになってるからな」

もともと善人と言えるような連中ではない。一癖《ひとくせ》も二癖《ふたくせ》もあり、犯罪の域までは達していなくとも脛《すね》に傷を持つ者もいるのだ。それが幸には無条件に親切になっているのがおかしくてならない。以前よりも確実に結束力も高まっている。おかげで余計に排他的空間にはなったが、伊原も含めて誰も気にしていないようだ。

「尾木さんも、そういう感じがあるんだけどな……」

小さく呟きながら幸はドアを開けた。

現時点で同意はしてやれず、伊原は黙ってあとに続いた。「おかえり」という有純の声が遠くから聞こえた。

「ただいまー」

嬉しそうな声で出し、幸は土産を抱えて有純の元へ駆け寄っていった。

「コーヒーお待たせしました」

カウンター席の尾木までコーヒーを運ぶと、尾木はにこりと屈託のない笑顔を向けてきた。彼は昼休みと仕事帰りに必ずといっていいほど店に来る。しかしあれ以来、尾木を取り巻く空気は微妙だった。

他の者たちは、あからさまに尾木を避けたり、なにかを言ったりということはないが、彼の動向に注意を払うようになった。その気配を強く感じるのだ。観察、あるいは監視者《かんししゃ》が大勢いる状態と言えばいいだろうか。とにかく以前とは違う雰囲気だった。

「幸ちゃんは、変わんないね」

「え？」

「態度っていうか、スタンスっていうか」

「ああ……うん」

警戒しろと言われたものの、それは心の片隅に置くだけにし、尾木とはいままで通りに話している。幸は尾木のことが嫌いではないし、たとえ思惑があったとしても、害があるとは思えないからだ。

「優しいなぁ」

「別にそんなんじゃなくて、どうせ俺からはなにも出てこないし、ピリピリするだけ無駄かな、と」

「ある意味合理的」

「……あの、尾木さんってなにをどこまで知ってんですか」

幸は隣に腰を下ろし、カウンターに腕を置く形で尾木を見つめた。店内にいる連中の目や耳が集まっていたが、それは幸にとってもう馴れてしまったことなので、まったく気にならなかった。

「伊原さんに聞きだしてこいって言われた？」

「違いますよ。ただの興味」

「いやそれ俺のセリフと同じじゃん」

「だって気になる。俺のことも調べた？」

「少しね。いや実はさ、最初幸ちゃんのこと、誰かさんの隠し子かなんかじゃないかって疑ったんだよね」

「は？」

「宮城に置いとくとまずいから、伊原さんに預けた……みたいな」

「はぁ……」

啞然とするしかなく、幸は生返事をした。誰かさんというのは当然のことながら葛西なのだろうが、突拍子《とっぴょうし》もなさすぎて驚いてしまった。

「でも違った」

「そりゃ違うよ。あーびっくりした、すげー仮説」

「もしそうだったら大スキャンダルだったのになぁ。あのひとって、愛妻家で通ってるし、女性票も多いんだよ」

「あ、それはわかる気がする」

一度だけ会った男の姿を思いだし、幸は小さく頷いた。穏やかだが力強い口調も、ちょうどいいトーンの声も、聞いていてとても気持ちがいいものだったし、姿形も品がよくて好感が持てた。実際のところは知らないが、たとえばテレビを見ていても、とても誠実そうに見えるし、その言葉もなんだか説得力があるのだ。

「幸ちゃんは、会ったことないの？」

「会ったっていうか、見ただけ」

「ふーん」

即座に返した言葉に嘘はない。会ったとはいっても、幸は伊原の横にいただけで言葉を交わしたわけでもなかったし、その前に一度見かけたときも、離れたところからぼんやりと見送っただけだったのだ。

「あっちでは、お母さんに会ってきたわけ？」

「会ってないよ」

「いいんだ、それで」

「だってさ、向こうは絶対会いたくないって思ってんだよ。俺もそんなに会いたいって思わねーし」

「まさか虐待《ぎゃくたい》とかされてた……とか？」

「違う違う、そんなんじゃないよ。あー……うーん、ちょっと育児放棄《ほうき》っぽいところはあったかもしれないけど、別に暴力とかそういうのはなかったし。ちゃんと話しあって、お互いに納得して他人になった、っていうかさ」

育児放棄も虐待の一種ではあるけれども、幸の感覚ではそうじゃなかった。彼女が幸の世話をしなくなった頃には、すでに幸自身が多少の家事をこなせるようになっていたし、互いに他人になろうと決めたことも、納得ずくの話だという認識だったからだ。

尾木は言いかけた言葉を呑みこんで、それをごまかすようにコーヒーに口をつけた。

「なに？」

「いや……子供を捨てる親って、どんな考えなんだろうなと思ってさ」

珍しく吐き捨てると、尾木は一気にコーヒーを呷《あお》り、スツールから下りた。そうしてコーヒー代を置いて、ひらひら手を振りながら店を出ていった。

なんだか妙な態度だ。なにか気に障ることでも言ってしまったのだろうかと、幸は尾木が出ていったドアを見つめた。

「幸ちゃん」

樹利は空いたカップを下げ、代わりに幸用のマグカップを渡してくれた。本日の三杯目はカフェオレだ。

「ありがと」

「余計なことかもしれないけど、あんまりお母さんのこと話さないほうがいいかもよ。さっきのあれ、克さんとの話に矛盾《むじゅん》も出ちゃったしさ。週刊誌かなんかのネタにされちゃったらどうすんの」

「まさか」

「いやいや、ちょっとした特集記事くらいにはなりそうじゃん。親に放りだされた子供が、大都会で年齢詐称《さしょう》して朝晩働いて……みたいな」

「うーん……」

あるいはそうかもしれないと思う。まして幸はネットカフェ難民寸前だったわけで、そこそこタイムリーな話題ではある。

「まぁ、たとえそうなっても実名は出さないはずだから、そんなに神経質になることじゃないかもしれないけどね」

「話すのは自分のことだけにするよ。さっき葛西さんの話もしちゃったけど、あれ大丈夫かな」

「あれくらいなら問題ないんじゃないかな。見た……って言い方したしさ。あれだったら、遠くからちらっと見た……ってのも入るじゃん。それだったら俺だって政治家見たことあるよ。選挙のときとかね」

「だよね」

ほっと息をつき、幸は席に戻った。もらったカフェオレを飲みながら歴史の暗記を始める。なぜかここで覚えるのが一番効率がいいのだ。自室でやるよりも、効率よく頭に入ってくる。

そうして時間が来ると、幸は最上階に戻った。まだまだ外は明るい。一年のうちで最も昼の長い日が近づいてきている証拠だ。

「有純さん、俺ちょっと雑誌買いに行ってくる。なんか買ってくるもんある？」

「ないかな……うん」

「じゃ、行ってくる」

財布を手に外へ出て、一番近いコンビニへと向かう。やはり一日に一度は外へ出ないと落ち着かない幸は、散歩気分で馴れた道を歩いた。

（あれ……）

遙か前方でしゃがんでいる姿は見覚えのあるものだ。顔は見えないが、服装がさっきまで見ていたものと一緒だ。

近づいていくといよいよはっきりした。

道端《みちばた》にしゃがみこんで、尾木は猫を撫でているのだった。いつも見かける足先だけ黒い猫だ。

「猫好きなんですか？」

「へ……？」

振り返った顔は虚《きょ》を突かれて無防備なそれだった。だがすぐに表情を崩し、尾木は膝を伸ばした。

「幸ちゃんは買いもの？」

「雑誌買いに行くとこです」

「へぇ、なに買うの。ファッション雑誌？　漫画？」

「漫画。今日出たやつ」

答えた声に、猫の鳴き声が重なった。にゃあんと甘えた声は、見た目を裏切らない可愛らしいものだ。

「今日なんか愛想いいな、ソックス」

「こいつ、リンっていうらしいよ」

勝手に見た目でつけた名前を呼ぶと、すかさず尾木に訂正された。幸は「リン」と呟きながら尾木を見つめる。

「そうなんだ……。でも名前なんてよく知ってますね。っていうか、この子ってどこの猫なんですか」

「それは俺も知らない。こないだおばちゃんが『リンちゃーん』って呼んでるのを聞いただけなんだよ」

「だったら俺も今度からリンって呼ぼ。ちゃんとした名前で呼んだほうがいいよな。またな、リン」

猫に向かって話しかけたあと、幸はその場を離れた。自然の流れで尾木もついてきたが、問題があるとも思えなかったので、そのまま並んで歩くことにした。

「あのさ、さっきの続き……いい？」

「さっきのって？」

「親の話。いや、やっぱ気になっちゃってさ。なんで幸ちゃんは、親に捨てられたのに恨《うら》んだり憎んだりしないの」

「捨てられてなんか」

「客観的に、冷静に考えてだ。どう言い繕《つくろ》ったところで、幸ちゃんが母親に捨てられたのは間違いないと思うよ」

思いがけないほど強い口調だった。顔つきも真剣そのもので、むしろ怒気《どき》に近いものを感じさせる。

とっさになにも返せなかった。

ふいに尾木はその怒気を弱め、柔らかい声になった。

「ごめんな。きついこと言ったな」

「いえ……」

「でもさ、すげー腹立つんだよ。話しあいで決めたとしてもさ、高校一年の子供に他人になりましょうって話をすること自体おかしいんだ」

どうやら怒りの矛先は幸の母親であったらしい。同情ではなく、本気で怒っているのがわかって、幸はかえって戸惑った。

じっと見つめていると、尾木は視線を返してきた。

「俺ってね、施設出身なわけ」

「え……」

「捨てられたんだよ。俺は一歳のときだったから、まったく親のことなんて覚えてねーけどさ」

「……恨んでるんですか？」

尾木の様子や先ほどの問いかけからすると、そうとしか思えなかった。だが彼はなにも言わず、ゆっくりと歩を進める。

答える代わりに、もう一度同じ意味の問いを向けられた。

「幸ちゃんはなんで許せんの？」

「うーん……理由がわかってるからかなぁ。それに母親とは気持ち的に前から他人だったし、無理して一緒にいるよりはよかったんです」

「気持ち的に他人……か」

「うん。俺も薄情《はくじょう》なんですよ、きっと」

幸は彼女に対し、思慕《しぼ》だとか愛情だとか呼べるものは抱けないままだ。だが彼女の新しい人生が、今の自分と同じくらいに満たされていればいいとは願っている。そして万が一、向こうが会いたいと言ってくることがあれば、幸はそれを拒《こば》むつもりはなかった。

「幸ちゃんのほうからも突き放した感じなのか」

「そうなのかなぁ……。うーん、つまり、俺の母親は俺を生んでくれたひとだけど、家族になるひとじゃなかった、って思ってるんですよ。あ、これは有純さんの影響っぽいな。なんかね、有純さんは俺に初めて会ったときに、これは身内になるやつだって運命感じたんだって」

自然と笑みがこぼれ、満たされた気持ちになれる。父親が亡くなってからここへ来るまで、感じることのなかったものだった。

「母親と別れなかったら、伊原さんたちにも会えなかったし」

「それは運がよかっただけだろ？」

「そうですね。そう思います。だから俺には母親を恨む理由なんてないんです。運よくね。

あ……これじゃ答えになってねーのかなぁ？」

「いや、そんなことないよ」

コンビニ店はもう目の前だ。店にまで入ってくるかと思っていたが、尾木はあっさりと別れの言葉を口にし、どこかへ歩いていった。

目当ての雑誌を手に取り、幸はふっと息をつく。

（別に問題ない……よな）

思いがけないほど深く自分のことを話してしまったが、尾木の様子からすると、あれは個人的な感情によるものだろう。

おそらくさっきの尾木が本当の彼なのだ。幸はそう思った。

どうして自分はこんな場所にいるのか。心の中では溜め息をつきたい気分ながら、伊原は表面上は完璧に取り繕ってみせていた。

六本木にある和食店の個室には、十人ほどの人間が集まっていて、何人かずつの輪を作ってそれぞれに談笑している。年はみな三十歳前後で、職業は様々だった。料理人に医者、広告代理店の社員に弁護士、博士号を持っているという大学の講師に舞踊家《ぶようか》と、統一感というものはまったくなかった。伊原は会社の経営者だと紹介されたが、会社の事業内容について訊きたがる者は皆無《かいむ》だった。

「面白い連中でしょう」

隣に座っている高田は、ぐるりと室内を見まわして笑った。

「確かに、個性的なメンバーですね。最初に話を伺《うかが》ったときには、どういった集まりなのかと思いましたよ」

気楽な食事会があるので、一緒にどうか。高田からそう誘われ、とりあえず伊原はそれに乗ってみた。高田の調査は続けており、葛西に順次報告はしているが、これで十分ということはない。直接会うことを断る理由はなかった。

だが現段階で、新しい情報は摑めていない。ここにいる連中はどう考えても政治とは関係がなく、あくまでプライベートな関わりしかないようなのだ。いや、高田が全員と関わりがあるかと言えばそれも違う。どうやら数ヶ月に一度、こうして都合のつく者だけが集まり、他愛《たわい》もない話をしながら飲み食いするだけらしく、普段はむしろメールひとつ交わしたりしないのだというし、交流のない者同士も同席しているのだ
「なんて言いますかね。たまにこうやって、普段の自分の立場とか仕事をね、まったく忘れて楽しくやりたかったりするんですよ。同年代の……そうだな、学生の頃のそこそこ親しかったクラスメイトみたいな感じでね」

「ああ、なるほど」

これはこれで妙なコミュニティーだと思った。小一時間もいれば、いろいろと見えてくる。親しいようでいて、実は互いに無関心なのが印象的だ。この場限りの仲間意識とでも言おうか、ここにいるあいだのことは外へ持ち出さないのが暗黙《あんもく》のルールという感じがする。そう言われたわけではないが、肌で感じた。

「部外者が来ても問題がないってのが不思議ですけどね」

「よくあることですよ。だから誰も気にしてないでしょう？」

「そうらしい」

「伊原さんはどうして来てくださったんですか。話を聞いただけでは、かなり胡散臭かったでしょう？」

「まぁ……否定はしません。でも興味のほうが強かったんですよ。私が持っているビルにも、変な連中が入ってましてね。こちらよりずっと胡散臭いんです」

もちろん似て非《ひ》なるものだが、幸が来る前はこの集まりに近いものはあった。そして最も違うのは、ここには排他的な空気がないことだ。来る者は拒まず、去る者も追わない。そんな空気をひしひしと感じる。

「それは興味があるな。今度ぜひ機会があったら呼んでくださいよ」

「本当に高田さんがおいでになるようなところじゃないんですよ。巣窟って感じなんですから」

「いいじゃないですか、巣窟。私はねぇ、このあいだのパーティーのような集まりより、そういうほうが好きなんですよ」

「同感ですね」

「確か葛西先生にだまされたんでしたよね」

途端に声に笑みが含まれた。自然とそうなったのか、故意なのか、伊原に掴ませない程度には、高田も本心を隠すのが上手いらしい。

だから伊原もなに食わぬ顔で頷いた。

「きっと今日のことも葛西先生が知ったら、してやったりの顔をするでしょうね」

「ほう?」

「なんとかして私を政治に関わらせたいらしいんですよ。私が高田先生に影響されることを期待していそうな気がします」

　ここは本心から言った。おそらく葛西の考えの中にはそれがある。ただ調べるだけならば、紹介する必要などなかったのだから間違いないだろう。

「ああ、年の近い私と交流を持たせたいという考えなんでしょうかね。それで、伊原さんにそのおつもりは？」

「まったくないですね。何度もその意思はないと申しあげているんですが、葛西先生は粘《ねば》り強くて困る」

「それが信条の方ですからね。辛抱《しんぼう》強く、諦めない。あんなに穏やかなのに、かなり頑固《がんこ》でもありますよね」

「ええ」

　なかなかよくわかっている。同県とはいえ普段はそう接触もないはずだが、見る目は確かということだろうか。あるいは伊原の調べで浮かんだように、どこかの古狸《ふるだぬき》がそう教えたのか。

　伊原は最初、高田が葛西の後釜《あとがま》を狙っているのだと思っていた。葛西に取りいり、将来的にその強固な地盤を我《わ》がものにすることを目論《もくろ》んでいるのではないかと。だが調べているうちに、そうではないらしいのがわかってきた。葛西からも、高田がすり寄ってきたことはないと聞いている。

（それでも葛西さんの勘《かん》は働いた……）

葛西の嗅覚《きゅうかく》は相当なものだ。彼は高田からなにかを感じとり、伊原に依頼した。その時点では、なにひとつ摑んではいなかったのにだ。そして調べた結果出てきた事実に、伊原は舌を巻くしかなかった。やはり彼には敵《かな》わない。

「葛西先生とはよくお会いになるんですか？」

「いえ、ほとんど機会はないですね。お忙しい方ですしね」

「そうですよね。ああ、でも私とはまた会ってくださいよ。私は葛西先生ほど忙しくもないですから」

「ええ、ぜひ」

互いの思惑が絡んだ約束を交わし、店を出たのはそれから一時間以上経ったあとだった。飲みに行こうという誘いは別の約束があるからと断って、まっすぐにタクシーで自宅へ向かった。

（あれもなかなかの狸だな）

ネクタイを緩めて、ふぅと息をつく。面白い集まりではあったが、楽しいとは思えなかった。それにこれといった収穫《しゅうかく》もない。高田に耳打ちしている人間の気配を、ほんの少し感じただけだった。問題はそれが噂通りの人物かどうかだ。

同じ党の別の派閥にいる、葛西の政敵とも言える男。高田はその男の息がかかっているとも言われているのだ。表だっては違うことになっているが、ごく一部で噂が出るくらいの動きはあるようだ。

（ま、最初からボロを出すようなヘマはしないか）

やれやれと思いながら家に戻ると、幸はダイニングテーブルに着いて、有純と向かいあってコーヒーを飲んでいた。ケーキでも食べたあとらしい。傍らには数枚に及ぶ、高田のプロフィールが置いてあった。公表しているものなので、二人で見てもいいと言っておいたものだ。

「おかえりー」

「美味しかった？」

「まぁまぁだったな」

ソファの背に上着をかけ、伊原はその前に座った。

「どんな会だったわけ？」

「樹利のところに溜まってる連中から、胡散臭さをいくらか抜いた感じだな。もっとオープンで」

「へぇ、収穫は？」

「残念ながら、なしだ。うちでおまえの飯を食ってたほうがマシだったな」

「なにその言い方。マシとかって失礼だよね」

「そうだよ」

幸はすかさず有純についた。自らも料理をする幸は、こういうときに迷うことなく有純の味方になる。

「はいはい、申しわけありませんでした」

「イマイチ誠意が感じられないけど、まぁよしとしようか。コーヒー飲むならいれてやらないでもないけど?」

「お願いします、有純サマ」

「よしよし」

有純がキッチンに立つと、伊原はダイニングまで移動し、幸の隣に座った。

「全部読んだのか」

「うん。高田なんて政治家、初めて知ったよ。最近はちゃんと新聞読んだりしてんだけどなぁ……」

興味からではなく、受験のために幸はそうしている。特に社説は欠かさず読んでいるようだった。

「目立つ存在じゃないからな。まだ当選二回だしな」

「若いよな。こないだパーティーで紹介されたっての、このひとだろ?」

「ああ」

「なんかさ、中学からの履歴見てっと、エリート人生まっしぐらのお坊ちゃん……なんだけど、その前は苦労もしたんだろうな」

「ああ……養子ってとこか」

　幸は頷き、紙面に目を向けた。

　高田は十二歳のときに高田家の養子になった。それまで施設にいて、その理由は親との死別だったらしい。他に身寄りがなかったのだ。だが才能あふれる優秀な子供で、ボランティアで訪れていた高田夫人に気に入られ、子供のいなかった夫婦に引き取られた。以後は大切に育てられたようだ。優秀な成績で東京の中学、高校へと進み、アメリカの大学を卒業している。

「施設で育ったってひとって、今まで知りあいにいなかったんだけど……なんか急に立て続けだな。あ、高田ってのは知りあいじゃねーけど」

「他にもいたのか？」

　幸の現在の人間関係はとても狭い。このビルの関係者しかいないのだ。あとはもうほとんど連絡を取っていない、かつての同居人やアルバイト先の者しかいないはずだった。上京する前の知りあいとは没交渉らしいし、そもそも「急に立て続け」という言葉には当てはまらないだろう。

　少し迷ってから、幸は口を開いた。

「尾木さん」

「こないだ言っていたよ。あれ、知ってたんじゃねーの？　尾木さんのこと調べたんだよな？」

「なに？」

　心底《しんそこ》不思議そうな声を聞きながら、伊原は思わず有純の顔を見た。

　すると有純はバツの悪そうな顔で無理に笑った。

「……いや、ごめん。そこまで調べなかった。やっぱ素人《しろうと》ってやつだねぇ。つめが甘いっていうかなんていうか……」

「尾木の出身地は？」

「東京みたいだけど、詳しくは……」

「調べてみるか。幸、それ以外になにか言ってたことはなかったか？」

「え、別に、親のことどう思ってるんだとかいう話をしたくらいだよ。尾木さんは一歳のときに捨てられたんだって言ってたけど」

「わかった。幸、おまえ先に寝てろ」

　伊原は立ちあがり、有純が運んできたマグカップを手に事務所へと向かった。時間は遅いが、動けないということはない。確認程度ならば十分に可能だ。

（これは、たぶん……）

　確証を得たら、まずは本人に突きつける。どちらにするかは考えるまでもない。エレベーター内でコーヒーを口にしながら、伊原はその顔を頭に思い浮かべていた。

幸が起きているあいだに伊原が戻ってくることはなく、朝起きたときにもその姿はなかった。事務所に泊まったか外へ出たきりかと思ったが、バスルームを使った形跡《けいせき》があり、慌《あわ》ただしい気配だけが色濃く残っていた。

一人で朝食を取り、昼より少し前に有純と店に出た。樹利は二時か三時になると出てくることになっていた。

「伊原さん、帰ってきたみたいだけど、起きたらもういなかった」

「ああ、さっきメールあったよ。もうすぐ戻るって」

「え、いつ?」

「十一時半くらい」

「……ふーん」

幸の携帯は沈黙を守っているのに、どうして有純には入れるのか。

だがそれを口にしたら拗《す》ねたと思われるから、幸はさりげなく相づちを打った。つもりだったが、あっさり気づかれ、有純に笑われてしまった。

「幸ちゃんには直接話すってさ。僕には一行報告」

「って、ゆうべの話？　尾木さんの」

店内にはまだ客はいないから、声をひそめる必要はなかった。

伊原とはあれきり話す機会もなかったが、彼は尾木と高田が同じ施設出身ではないかと思ったはずだった。だからそれを確かめ、あるいはその施設に出向いて話を聞いているのだろう。昨晩有純と話し、そこまでは推測ができていた。

だがそうなると、ますます尾木の目的は葛西ということになり、これまで以上に立場が悪くなるだろう。

「違うといいんだけど……」

ちらっと有純を見るが、報告を一行で受けているはずの彼は黙っている。表情からもなにも受け取れなかった。

それからまもなくして、木製のドアが開き、鈴がちりんと鳴った。

「早かったね」

「まぁな」

伊原は奥から二番目のスツールに座ると、幸の顔を見た。

「ここに座れ」

有無を言わせず命令された。挨拶もないし一方的だが、有純が黙っているところをみると、ここは従うべき場面なのだろう。

　幸は戸惑いながらも言われるままに奥の席に座った。

　もうすぐ常連たちがぞろぞろとやってくる。そんな中で伊原は調査報告をする気なのだろうか。

　視線を落としていた幸が顔を上げると、待っていたように話が始まった。

「思った通りだった」

「ってことは……」

「あのふたりは同じ施設出身だ。一緒に暮らした期間は四年だが、高田は養子に入ってからも、ときどき来て子供たちと遊んでいたらしい」

「ふぅん」

「ただの三流ジャーナリストかと思ってたら、とんでもなかったな」

「すみませんねぇ、調べが浅くって」

　有純は冗談めかして拗ねてみせた。おそらく尾木が政治関係の記事を書いていたことは、それほど向こうにとって隠したいことではなかったのだ。まずそちらを掴ませて、取材目的だと信じさせて、もうひとつの事実まではたどり着けないようにと目論んだと考えていいだろう。

「それで、やっぱ葛西さんがらみ……？」

「ま、そう考えるのが自然だな。高田は、葛西さんの政敵と繋がりがある。命じられたんだか、ご機嫌取りになにかネタを掴もうとしてるんだかは知らんが、高田が尾木を動かしてるのは間違いないんじゃないか」

「……そっか」

さすがにここまで来たら偶然なんて言えはしない。だが幸はどうしても尾木を悪く思えなかった。彼のすべてが嘘ではないと思うのだ。たとえばここが楽しいと言ったことや、幸の母親に対して怒りを見せたことは、掛け値なしの本気だったと信じたい。

「ここで尾木さんと話《はな》すんのやめねー？　事務所にしようよ。だめならどっか別のところで……」

幸はドア越しに複数の声を聞き、口を噤《つぐ》んだ。最初の客が二人やってきて、伊原がいるのを珍しいと言ってテーブル席に着いた。気がつけばもう十二時をまわっていた。

結局返事はもらいそこねてしまった。一応店員の幸には客のオーダーを取る仕事があるし、すぐにまた客がやってきて、それどころではなくなったからだ。

そして四組目の客として、尾木が飯塚と一緒に現れた。

雇用者の飯塚は、尾木がジャーナリストであることを他の客から聞かされ、かなり困惑した様子だったらしい。だが尾木は実際になにかをしたわけでもないし、仕事ぶりも真面目だということで、そのまま雇用関係を継続している。

「尾木」

目があうと、伊原はスツールから下りて、すでに歩き始めていた。

「ちょっとつきあえ。お望み通り、事務所に入れてやる。幸、こいつのメシ持って事務所に来い」

相変わらず腹が立つほど一方的だが、伊原が幸の提案を受けいれてくれたことは確かだ。

店を出ていく二人の姿を見送り、幸は一人分のランチと二人分のコーヒーをトレイに載せ、あとを追った。

事務所はしんと静まりかえっていた。まだ話は始まっていないようだ。

出前をすませて出ていこうとすると、伊原がぽんと自分の横を叩いた。

「おまえもつきあえ」

「え、でもさ」

「かまわないか？」

「どうぞー」

くぐもった声なのは、尾木がすでにパンを口に入れているからだ。本当に図太い神経だと感心してしまった。

興味があったことは確かなので、トレイを持ったまま伊原の隣に座った。話はすぐに始まった。

「結和《ゆうわ》学園、と言えば、話は早いだろ？」

「あー……」

尾木は一瞬だけぴたりと止まったが、すぐにまた食事を再開させた。動揺した様子はなかったが、まったく予期していなかったという感じでもなかった。いつか来るべきものが唐突《とうとつ》に来た、というのが近いかもしれない。

「高田政浩に言われて来たのか？」

「バレちゃったのか」

拍子抜けするほどあっさりとした肯定だった。ごまかそうとか言い逃《のが》れようとかいう気配はまったくない。否定は無意味だと承知しているのかもしれなかった。

「認めるのか」

「だってがっつり証拠摑んでんだろ？　知りませんとか言っても無駄だし、必死で隠さなきゃいけないことでもないし」

「その程度なのか」

「そーそー、その程度。ま、昔なじみだし、潜入しろって言われて小銭《こぜに》摑まされたけど、俺も定職に就《つ》かなきゃって思ってたから乗っただけ。デザイン事務所ってのは超いいタイミングだったよな。俺も運がいいのかもしれないよ、幸ちゃん」

きわめて軽い口調は、伊原にとって愉快なものではないらしい。小さく伊原が舌打ちするのが聞こえた。

　確かに尾木の表情や口調からは真剣味が感じられず、相手を小馬鹿にしているとしか思えないものがあった。

「それで、おまえはどうするつもりだ？」

「別に、今まで通りっすけど」

「大した玉だな」

「つーかね、信じないかもしんないけど、俺は最初っからどうするかってのは決めてなかったんすよ。伊原さんから葛西のネタ掴んだとしても、俺のメリットはそんなにないじゃん？　いいように使われて、成功すれば小遣い程度の金もらって終わり。失敗すれば切られるだけだし」

　しゃべりながらでも食べる速さはかなりのものだ。まるで自棄《やけ》になって食べものを口に詰めこんでいるようだった。

　最後のパンを口に放りこみ、それを噛んで呑みこんだあと、尾木は伊原をまっすぐに見すえた。

「だから簡単に買収《ばいしゅう》されちゃいますよ、俺は。いくら出す？」

「高田への義理はないってことか」

「ないっすね。政浩にはあったけど、それは昔の話っすよ。代議士の高田センセーには、まったくないっす」

「なるほどね。だが、買う気はないな」

「あら、なんで？」

さして意外そうでもなく、尾木は尋ねた。

「金で動く人間は信用できない」

「ふーん、格好いいなぁ」

尾木の口元が歪《ゆが》み、力のない笑みを浮かべた。コーヒーカップを置く音が、少し大きく響いた。

「でも自分だって、葛西に金で雇われてるじゃないっすか」

尾木は挑発的な言葉を吐きだした。

「ま、仕事だからな」

「俺だってそうっすよ。けど俺は、高田に飼われたりなんかしない。あんた、祖父さんから政治家になるの望まれてたんだろ？　なのに警察官になった挙《あ》げ句《く》ドロップアウトして、祖父さんの部下だった男に金で尻尾《しっぽ》を振ってさ。情けないと思わないのかよ」

「違うよ！」

黙っていられなかった。気がついたら幸は叫び、手にした金属トレイをガンッとセンターテーブルに打ちつけていた。

まるで伊原が落ちこぼれたみたいな言い方は心外だった。職業に貴賤《きせん》はない……などと言うほど、幸は世間知らずではない。現実は嫌というほど見えている。だが伊原の今の仕事が、政治家や警察官と比較して劣《おと》っていると断じられたくもなかった。

それに伊原と葛西の関係が金だけだと言わんばかりの尾木には、言ってやりたいことがある。

「自分と一緒にすんな。伊原さんと葛西さんには、ちゃんと信頼関係があるんだからな。伊原さんはいくら金積まれたって葛西さんのこと売ったりなんかしねーよ!」

思いきり睨みつける幸から、尾木は目を逸らしていった。なにか言いかえしてくるかと思ったのに、いつまで待っても言葉は発しない。なにを考えているものか、伊原も傍観《ぼうかん》を決めこんでいる。

緊張感のある沈黙を打ち破ったのは尾木だった。

「なんかいいな、そういうの」

「え?」

「俺たちはたぶんもう金だけだわ」

尾木の指先がカップの取っ手を摘《つま》んでは放してを繰りかえす。意味のある行動ではないのだろうが、気になって幸はじっと見つめた。

一方の伊原は、相変わらず観察するように尾木を見すえていた。

「ずっと連絡を取りあってたのか？」

「まさか。十年……もっとだな。留学する前に学園に来たのが最後だったし。俺が書いた記事見て連絡したらしいよ。ちなみに、なんであいつが俺にこんなこと頼んだのかは知らないから」

それは嘘じゃないかと思ったが、幸は黙っていた。確証はなかったし、伊原もなにも言わなかったからだ。

やがて立ちあがりかけた尾木に、伊原は声をかけた。

「金を出せばしゃべるんだったな。いくら欲しい？」

「……いい」

明らかに先ほどとは矛盾していた。自嘲《じちょう》の意味はきっと複雑すぎて、尾木自身にすらわからないのかもしれない。

テーブルに金を置いて帰ろうとした尾木は、ふと空いた食器に目を留め、それから幸を見た。

「あ、これってこのままでいいの？」

「あっ……はい、どうぞ」

「ごちそーさま。幸ちゃん、今度キーマカレー作って。なんだっけ、あの黄色いライスと、あとナンも食いたいな」

唐突にリクエストを残して尾木は出ていった。

（キーマカレーか。いいな、それ。でもナンって自分で焼けんのかな……買ってくると高くつくって樹利さんがうるさいか……）

「出ていく気はなさそうだな」

伊原の声に、幸は我に返った。一瞬で現状を忘れ去ってカレーのことを考えていた自分はどうなんだと苦笑したくなった。

そうだ。おそらくさっきのあれは、出ていくつもりはないという、尾木の意思表示だったのだ。

「どうすんの？」

「別にどうもしない。今までと同じだな。とりあえず葛西さんには報告するが、あのひとも同意見だろ」

「そっか」

幸は頷いて、食器を片づけようと手を伸ばした。だがあるものが視界に飛びこんできて、ぴたっと止まってしまう。

「あっ」

「どうした？」

「凹《へこ》んじゃったよ。どうしよう、ヤバイ」

おろおろしつつ、手にしていたトレイを伊原に向かって突きだした。

さっきしたたか打ちつけたせいで、トレイの底がぼこっと盛りあがってしまっている。だから本当は凹んだと言わないのだろうが、どちらにしてもトレイが損傷《そんしょう》したことは間違いない。

伊原は笑いを押し殺していた。

「すごい力だな」

「いや、つい……なんか……」

「すごい剣幕だったぞ。あれは気圧《けお》されるだろうな。にこにこと愛想のいい幸ちゃんしか知らなかったわけだしな」

「それじゃ俺がいつも猫かぶってるみたいじゃん」

心外だと思いながら、幸はトレイをテーブルに押しつけて戻そうと試みたが、体重をかけても平《たい》らになることはなかった。それでもなんとかものは載せられるとみて、再び食器に手を伸ばす。

だが今度も手は届かなかった。その前に伊原が引っ張ったのだ。

「なに」

「かばってくれて嬉しかった」

抱きしめられた耳に、深い声が響いた。じわりと染みこむ言葉に、自然と笑みがこぼれ、身体の力も抜けた。

ひどく照れくさくて顔を上げられないが、気分はいい。

放してくれるまではじっとしていてもいい。そんなふうに考え、腕の中でおとなしくしていたら、耳元にあった唇が徐々におかしな動きになってきた。

「ちょっ……ぁ」

耳殻《じかく》を舐《な》められ、ざわりと身体が騒いだ。

「なんだ、もう感じたのか」

「感じるようにやっといてよく言うよ。放せって。店戻んなきゃいけねーんだからな。ランチタイムなんだぞ」

とりあえず一番混む時間帯なのだ。夜も客は同じくらい来るが、訪れる時間がばらばらなので慌てる必要もないのだった。その点、昼は使う食器も多く、もともと数を揃えていないために洗いものも忙しい。

「有純さんが早く戻ってこいって怒ってるよ」

「俺が許す。もう少しつきあえ」

「あんたも仕事しろよ！」

一喝《いっかつ》してもがくと、簡単に腕の中から逃れられた。伊原もさすがに本気で拘束《こうそく》するつもりはなかったらしい。

「じゃあ、また夜な」

幸は慌ただしく食器を片づけ、事務所を出た。思いがけず時間が経ってしまった。店に戻ったのは、尾木が出ていってから実に十分後のこととなった。

幸の一日は、伊原と一緒にとる朝食で始まる。それから一時間ほど店で出す食事を作り、二時間の勉強。それから店へ下りて働いて、あいまに樹利に勉強を見てもらう。欲しいものがあって外へ行くのは決まって五時過ぎだ。ランチタイムが終わってから勉強をし、夜の営業時間に入る前に店をあとにすることになっていた。

今日は昼間買いものに行かなかったから、店が引けたら雑誌を買いに行くつもりだった。

ちりん、と鈴が鳴る。振り返った幸は、ひらひら手を振りながら入ってきた尾木に、いらっしゃいませと声をかけた。

「アイスコーヒーね」

「はい」

「幸ちゃん、これもう買った？」

「あ……」

カウンターに置かれたのは、いつも幸が読んでいる週刊漫画誌だ。どうして尾木が……と思いかけ、以前そんな話をしながら歩いたことがあったのを思いだした。あの日もちょうどこの曜日だった。

「まだならあげるよ。俺もう読んじゃったし、捨てるだけだしさ。あ、誰かが読んだのはやだ？」

「全然っ。けど、いいんですか？」

「だってどうせゴミ箱行きのやつだよ」

「あー、じゃ遠慮なくもらいます。ありがとうございます」

幸は雑誌を手に取った。かなりきれいだ。コンビニ店で立ち読みされた本より、紙もピンとしている。散歩がてら外へ出るのも楽しみだったが、ただで欲しいものが手に入るのはやはり嬉しい。わざわざ買ってもらったり高額だったりすると恐縮してしまうが、捨てるという二百円くらいの雑誌ならば喜んでもらえるというものだ。

ゴン、と音がして、尾木の前にアイスコーヒーのグラスが置かれる。わざと音を立てたのは明らかだった。

薄くてお洒落《しゃれ》なグラスは扱いに気を遣うから嫌だと言って、樹利は厚手の、どちらかといえば無骨《ぶこつ》なタイプを選んでいる。だから少しばかり乱暴に扱われても割れたりはしないのだ。

「せこいよ。二百円で幸ちゃんに取りいろうったってそうはいかないよ」

「いやちょっと、いくらなんでも安すぎるじゃん。やるならもうちょっとマシなもん持ってくるって」

どこまで本気かわからないやりとりが今日も繰り広げられている。樹利の尾木へのスタンスはよくわからない。敵愾心《てきがいしん》はないが好意的でもなく、かといって排除《はいじょ》しようともしていない。歓迎《かんげい》はしないが来るなら相手はしてやる、ただし容赦もしない。そんな感じだ。

そして常連客も樹利につられるように、かなり口の悪いところを見せながらも、そこにいることを認めつつあるような気がした。

「どうかな。意外にクレバーで、幸ちゃんが抵抗なく受け取れるものをセレクトしたのかもしれないじゃん」

「意外って。いや確かに俺はクレバーだけどさ、これは純粋な親切よ？　幸ちゃんが親切にしてくれるから、親切返しただけじゃん」

「捨てるはずの雑誌でね」

「それ言われると……」

もごもごと口ごもり、尾木はストローでアイスコーヒーを吸いあげる。一拍置くと、彼はぐるりと店内を見まわし、目があった幸に手を振ってから樹利に視線を戻した。

「ここってさ、雑誌一冊もないよな。置けばいいのに」

「それは悪うございましたね。っていうか、ここはカフェバーなわけ。喫茶店じゃないんだよ。雑誌は置きません。不満ならどうぞよそへ行きやがってくださいよ」

樹利の口調はきっぱりしている。適当に営業しているように見えて、妙なこだわりもあるらしい。

幸は雑誌をカウンターの一番奥に置き、スツールに腰かけて、二人のやりとりを眺めることにした。

「だいたいね、うちにいたって美味しいネタなんか出てこないよ。克さんはあんたに大事なネタ握られるようなヘマはしないからね」

「わかってますぅ。けどここ楽しいし、幸ちゃんいるし、出てく気ありませーん」

「お、俺？」

「そう。幸ちゃんいなかったらここに来るのやめてたよ。マスターは横暴《おうぼう》だし、オーナーは怖いし、コーヒーは特別美味いってわけでもないしさ」

「失礼な」

　樹利はふんと鼻を鳴らし、厚手のグラスを磨《みが》く。これも彼の数少ない真面目な部分で、食器はいずれも完璧なほどきれいなのだった。

　それにしても、と思う。相変わらず勤めを辞めずにここへも通う尾木の神経は大したものだが、なんだかんだ言いながらも受けいれている店の連中も相当だ。むしろ以前より尾木はここに馴染んでいるような気さえする。

　二人のかけあいを聞きながら、幸は雑誌を開いた。ニュース以外ではテレビも見ない幸の唯一の娯楽だ。家を出てからここへ来るまでの半年はそれすらせずに働いて眠るだけの日々だったから読んでいない話も多いのだが、最近たまにネットカフェへ行き、その穴を埋めている。あの頃、幸にとってネットカフェは漫画やインターネットをやる場所ではなく、眠るための場所だった。居候《いそうろう》させてくれていたひとが彼女をつれてきたり、休日だったりしたときに、幸の居場所になっていたのだ。

（運がよかった……か。ほんとだよな）

ネットカフェへ遊びに行けるなんて、あの当時を思えば相当な贅沢《ぜいたく》だ。

ちらりと尾木を見て、幸は思う。

どんな目的があったにせよ、尾木も幸と同じように、ここへ来たことを「運がいい」と思えるようになればいい。

（無理……じゃないような気がする）

だって楽しいと言っていた。きっとあれは本音なのだ。

「なんだか前よりにぎやかになったね。……幸ちゃん？」

近くにいた古城が呆れた調子で呟いた。独《ひと》り言《ごと》だと思ったら、どうやら話しかけていたらしく、幸は慌てて身体ごと向き直る。

「にぎやかなの、嫌いですか」

「そんなことないよ。嫌いだったら、ここには来てない。なんだかんだ言って、みんな寂《さび》しがりやなんだな」

「そうなんですか？」

「って思わない？　ここの主《ぬし》も、結局はそうでしょ」

古城は指先を天井に向けて笑っているから、主というのは樹利ではなく、このビルの主ということだ。

「……ピンと来ねーんですけど」

「だとすると、あの男は幸ちゃんの前ではカッコつけてるってことだな。大人で包容力があって、頼りがいがある……みたいな感じかな」

「でもそれ、ある程度事実ですよね」

「まぁね。でも君が思ってるほど大人でもないよ。もう何年かしたら見えてくるから、楽しみにしてるといい」

「はぁ」

ときどき古城は一方的にいろんな話を始め、幸を強引《ごういん》に引きずっていく。置いてきぼりにはしないで、あくまで引っ張っていく。だから幸はついていくのに必死だった。

「それはともかく、結局似たようなのが集まるんだよ。かく言う俺も大変寂しい男でね、ときどき寂しくて死んじゃいそうになるよ」

「はぁ」

「いいなぁ、俺も幸ちゃんみたいな恋人が欲しいな」

「誰にでもそういうこと言ってるタイプですよね、古城さんって。有純さんに聞きましたよ。すげータラシだって」

「有純には言われたくなかったな。夢壊すようで悪いけど、あれも相当だよ」

「……知ってますよ。別に俺は有純さんに夢見てたりしねーし」

兄のように、あるいは少しだけ父親のように思って慕《した》っているのは確かだが、理想像に仕立て上げたつもりはない。

「伊原くんさえタラシ脱却してればOKってことか。それで、どうなの、相変わらず泣かされてるの？」

「古城さん、それセクハラ」

弁護士のくせに平然とセクハラ発言とは呆れる。だが当の本人は少しも反省したふうもなく、楽しげに笑っているだけだ。

言っても無駄だと諦め、幸はくるりとスツールごとまわって読みかけの雑誌に目を落とした。

にぎやかなカフェタイムはまだ当分続きそうだった。


ときどき伊原は、思いだしたように幸を外での食事につれだした。

そのときによって昼だったり夜だったりするのだが、今日は後者で、歩いて十分程度の鉄板焼きの店だった。

「目の前でいろいろ焼いてもらうのって楽しいよな。美味かったし。店でステーキなんか初めてだよ。ちょっとびびった」

　有純が焼いてくれたことならあったが、そのときとは緊張の度合いが違った。まして値段だってかなりのものだろう。伊原は幸にメニューも見せず、支払いのときもわからないようにしていたから、今日の夕食代がどのくらいだったのかは知らない。だが安くはないことだけは承知している。

　遠慮すれば、いつも伊原は「自分が食べたいだけ」だの「つきあえ」だのと返す。ひとりで食事をするのが嫌いなのだと常に言っているが、それがどこまで本当なのかはわからなかった。

　もう子供ではないから、なんでも質問したり追及したりするつもりはない。心苦しさは相変わらずあるものの、せっかくの思いやりを無にしたくはないから、幸はずっと気づかないふりを決めこんでいる。

「半年分の食生活をそろそろ取り戻せたか」

「とっくだよ。っていうか、伊原さんたちが思ってるほど悲惨な食生活じゃなかったんだからな」

「ああ、自炊《じすい》もしてたんだったな」

「そうそう」

居候をしていた代わりに、幸は家事をすべて引き受けていた。家主は会社員だったので、彼が会社に行っているあいだに幸は眠り、掃除や洗濯、そして二人分の夕食を作って、夜通しのアルバイトに出ていたのだった。

「まかないだって出たしさ」

「そのわりに栄養が足りてない顔だったぞ。ガリガリだったし」

「あー……うん、なんか食べられなくなってたんだよな。有純さんも言ってたけど、たぶん疲れすぎて食欲がなくなってた状態？」

他愛もない話をしながら歩く足取りは軽《かろ》やかだ。伊原と歩きながら話すのは、部屋で話しているときとは違う楽しさがあった。

夜になったといえども、周辺はにぎやかだった。幸たちの住まいのあたりはそれでもまだ静かなほうなのだ。

「なにしてんの？」

気がつくと隣を歩いていたはずの伊原が少し後方で立ち止まっていた。そしてビルとビルのあいだの暗い路地を見ている。

幸は訝《いぶか》りながら戻り、伊原の視線を追った。

「あ……あれ、ちょっ……」

明かりが乏《とぼ》しい上に少し距離があるからはっきりとは見えないが、男と思われる人影が動いていた。下を向き、何かを踏みつぶすような、あるいは蹴るような動きだった。そうしてその足下になにか黒い固まりが見えた。

その固まりが人間であり、一方的な暴力を受けているところだとわかったとき、幸は声をなくしていた。

大きな道路に近いせいで車の音がうるさく、それぞれの声は聞こえない。いやどちらも発していないのだろうが、息づかいのようなものがまったく届かなかった。

半年ほど夜の新宿で働いていたが、暴力行為を目《ま》の当たりにしたのは初めてで、幸は茫《ぼう》然《ぜん》と立ちつくした。

そのあいだに伊原は動いていた。

「おい」

路地裏に入っていきながら、奥にいる男に声をかける。

はっと息を呑む気配が幸にまで伝わってきて、次の瞬間、男は反対側へと駈けだしていた。路地は通り抜けができるものだった。

だが男の反応は遅く、伊原から逃げることはできずにあっけなく追いつかれた。

伊原は男の腕を掴み、もみあう暇も与えずに体落《たいお》としを食らわせる。男が背中から地面に叩きつけられる音がどさりと響いた。すかさず鳩尾《みぞおち》に拳《こぶし》を入れると、もう男は動かなくなった。

「う……」

蹴られていた男が呻《うめ》き、腕をついてのろのろと起きあがった。

「大丈夫ですか！」

伊原は近づくなと言わなかったから、幸は蹴られていた男の傍らに膝をついた。そうして間近《まぢか》で顔を見て、驚愕《きょうがく》に目を瞠《みは》った。

「お、尾木さん……？」

「あー……幸、ちゃん……かぁ」

乾いた笑いをこぼしているものの、尾木はひどく苦しそうだった。それはそうだろう。幸が見てからでも三回は蹴りを入れられていたし、そのときすでに尾木は倒れ伏《ふ》していたのだから。

「幸、警察呼べ」

「う……うん」

「待、った」

携帯電話を取りだそうとした手を掴まれ、その思いがけない強さに戸惑ってしまう。掴む手には血がついていた。

幸が支えて身体を起こし、ビルの壁にもたれさせると、尾木は大きく息を吸い、幸と伊原を交互に見た。

「俺に、考え……あるから、警察……なしで。病院も、いい」

苦しげな息の合間に、はっきりとした声が聞こえた。思わず幸が伊原を見ると、逡巡《しゅんじゅん》して彼は頷いた。

「けど、ケガひどいよ！」

暗がりでもわかるほど尾木は傷だらけだ。顔は腫《は》れあがり、口の中は真っ赤で、見ているのもつらくなる。

やはり病院へ行ったほうが――。

「忘れたか？　一応うちには医者がいるんだよ。設備もある」

「あ……」

ぽんと伊原に肩を叩かれ、幸の脳裏に有純の顔が浮かんだ。そうだ、彼は退職したとはいえ医師であり、彼の父親が開いていた診療所が今は使われずそのままあのビルの一角にあるのだった。

「まぁ、両方ともまだ使えるかどうかは知らんがな」

恐ろしいことを平然と言い、伊原は携帯電話を取りだした。まず有純に電話をして事情を話し、しばらく使っていない診療所で待機と準備をするように言った。それから何人か――いずれも常連たちに電話を入れ、いくつか指示を出した。

電話を切って三分としないうちに、車が路地の入り口に止まった。背の高いワンボッククスカーは、それからすぐにサイドのドアをスライドさせた。

「お待たせー」

　声に聞き覚えがある。常連客のひとりだ。

「行くぞ。立てるか」

「なんとか……」

「先に帰っててくれ。このまま、これを帰してやるわけにはいかんからな」

　伊原は駆けつけた二人と幸に尾木を託《たく》し、倒した男とともにその場に残った。

　車に乗りこんでから、幸は路地のほうを見た。伊原がなにをするつもりなのかと不安がっていると、ぜいぜい言いながら尾木は口を開いた。

「たぶん、写真撮ったり、とか……身元……確認とか……すんだよ」

「いやー派手にやられたなぁ、尾木くん」

　幸とは尾木を挟んで反対側に座っている常連は、近所に住んでいる建設業の男だ。彼はまじまじと傷だらけの身体を見て呟いた。声は明るいが、それなりに心配はしているようだった。

「触った感じ、骨折はなさそうだったけどな」

「すんません……車、血……」

「大丈夫、大丈夫。ちゃんとカバーつけてきたから」

運転手はけろりと言って、ビルの前に車をつけた。距離にしたら、ほんの二百メートルほどだった。だがこれだけのけが人を抱えて歩いたら、すぐに目撃されてしまう。だからこその車なのだ。

半地下の自転車用の駐車スペースの奥にあるドアからビルに入り、診療所まで一緒に尾木を運んでもらう。明るいところで見ると傷の具合はさらにひどく、幸まで痛くなってくる気がした。

診療所には明かりがついている。それを見るのは、幸がここに来てから初めてのことだ。内部は思っていたよりずっとまともだった。器具などは極端に少ないが、きっと有純がまめに掃除をし、清潔な状態を保っていたのだろう。

「うわっ、ひっどいな、それ」

尾木を見るなり、有純は顔をしかめた。

「たぶん骨は折れてないよ。ヒビとかは知らないけど」

「どこか切ってるみたいだな。そこ寝かせて」

初めて見る白衣姿の有純は、思っていたよりもずっと医者らしく見えた。

傷だらけの尾木を診察ベッドに寝かせてしまうと、幸はもうなにをしたらいいのかわからなくなった。

「幸ちゃん。着替えといで。服が血だらけだよ」

「え……うわ、ほんとだ」

　このまま外へ出たら通報されそうな出立《いでた》ちだ。

「脱いだやつはビニールに入れておいてくれる？　それで、克峻のでいいから、パジャマ持ってきて」

「わかった」

　幸は急いで部屋に戻り、汚れた服を脱いで言われた通りにした。薄手のシャツから染みた血は肌にまでついている。これは拭くよりシャワーのほうがいい。

　幸は手早くシャワーで汚れを直し、服を着てパジャマを手に部屋を飛びだした。

　階段を使って診療所のフロアに降り立ったとき、床に点々と血の痕《あと》がついていることに気づいてしまい、これもなんとかしなければと思った。

「パジャマここ置いとく。俺ちょっと床とか掃除するからさ」

　ひと声かけてから、幸は再び部屋に戻って捨てる寸前くらいのぞうきんを持ってくると、診療所の前から床を拭いていく。エレベーターに乗り、そこの床も拭いて、半地下へ。道路はどうしようかと考えたあと、幸は店に行った。

「幸ちゃん、どうしたの？　尾木はどうした？」

　飯塚はひどく心配そうだった。どうやら話はまわっているらしい。

「有純さんが治療してます。骨折はないみたいだって言ってましたけど、メチャクチャ殴られたり蹴られたりしたみたいで傷だらけでした」

「そう……か。あとで様子見にいくよ。平気だよね？」

「と思います」

「じゃ、悪いけど治療が終わったら呼んでくれるかな」

「はい。あ、樹利さん、ちょっとバケツ借りるね。道路に血が落ちちゃって、流さねーとヤバイから」

「はいよ」

幸はトイレに入り、用具入れからバケツを取りだし水を溜めた。床を拭くときにしか使わないバケツだが、そこそこの容量があり、これなら二回ほど流すだけでことは足りそうだった。

「手伝おうか？」

「大丈夫」

幸は二度水を流し、アスファルトについた血を洗い流した。暗いうちになんとかできてよかったと思う。これで痕跡はないはずだ。あの路地裏の血については仕方がないと諦めることにした。

ほっと息をついて店に戻ると、カウンターにアイスコーヒーが出された。

「お疲れさま」

「ありがと。喉渇いてたんだ」

動いたせいもあるし、緊張のせいもある。こんな事態に直面するのは初めてだったが、動揺したわりには上手く立ちまわれたほうではないだろうか。

「飲んだら、これ持ってって。ミネラルウォーターは尾木くんの分ね。急がなくてもいいからさ」

「あ……うん」

トレイには水のペットボトルと、三人分のアイスコーヒーが載っている。そしてストローは四本用意されていた。

急がなくてもいいと言われても、診療所の様子が気になってしまい、アイスコーヒーはほぼ一気飲みした。トレイを持ってエレベーターに乗ろうとすると、開いたドアの向こうに伊原が立っていた。

「あ、あっちもういいんだ？」

「とりあえずな。ふーん、出前か」

「っていうか差しいれ。あ、パジャマ尾木さんに貸したよ」

「ああ。ビルの前に水が撒《ま》いてあったが、血がついたのか？」

「うん。やっぱヤバイじゃん。ビルの中もたぶん拭き残してないと思うけど」

あらためて床を見て幸は頷く。すると頭にぽんと手を載せられた。

「偉い。てっきり俺がやることになると思ってたんだがな」

褒められるのはやはり嬉しい。だがこれからけが人がいる診療所に入るのに、へらへらしてはいられない。エレベーター降りると同時に幸は表情を引き締めた。

「もらうぞ」

ひょいとコーヒーを持って、伊原はそれを飲みながら診療所に入った。

ぷんと鼻をついたのは湿布薬《しっぷやく》の匂いだ。

「おー、いいタイミング。ちょうど終わったところだよ」

ずっと残っていた常連客は明るい表情で振り返った。どうやら手伝っていたらしく、余った包帯《ほうたい》をくるくると巻き直しているところだった。

「ご協力感謝」

「いやいや。お、それはもらっていいのかな」

「はい、どうぞ」

常連はグラスを取ると、そのまま手を振って診療所を出ていった。これから店に行くのだろう。

「早かったじゃないか」

「手伝ってもらったからね」

「どんな具合なんだ？」

「頭部および上腕部《じょうわんぶ》の裂傷《れっしょう》。頭のほうはぶつけたからで、腕は落ちてたガラスかなんか。刃物は持ってなかったそうだよ。で、打撲は多数。骨折はなし」

有純はあからさまに疲弊《ひへい》していた。そんなに難しいことをしたのかと思っていると、大きな溜め息が聞こえてきた。

「なんとか縫ったけどさ、苦手なんだよねぇ縫合《ほうごう》。そもそも僕、内科医だったしね、痛そうなの嫌いなんだよ」

「裁縫《さいほう》は得意だろうが」

「いや、なんかこう、感触がだめで」

有純の顔は心底嫌そうだ。ほんの少し前のことを思いだしたのか、青い顔をしながら手を洗いに行ってしまった。

あんな状態の医者に治療されたら、さぞかし患者は不安を覚えることだろう。尾木だって怖かったに違いない。

「とりあえず、ここに泊めたら？　どうせ動けないだろうし」

水音にまじって有純の声が飛んできた。

「そうするか？」

「助かります」

顔中にガーゼを貼られた状態で尾木は頷いた。すでにパジャマを着て横たわり、薄い毛布をかけられていた。

腕と頭に包帯を巻かれ、あちこちに湿布が貼られた姿はひどく痛々しい。きっと見えないところも打撲がひどいのだろう。

痛いか、なんて訊くつもりはなかった。痛いに決まっていた。

「あの、ちょっと頼みが……あるんすけど」

息は整ったようだが、しゃべりにくそうなのは相変わらずだ。口の中を切り、腫れているのだろう。

視線を受けた伊原は、冷たく尾木を睨《ね》めつけた。

「この上まだなにか面倒かける気か？」

「伊原さん！」

そんな言い方はないだろうと思った。目の前にいるのは暴力によって傷つき、痛みに耐えている人間なのだ。

だが当の本人は、苦笑しながら幸を見た。

「いいよ、幸ちゃん。本当のことだしさ……でも、ありがとな」

「頼みってなに？」

「プレゼント、っていうか……まぁ、渡したいものがあってさ。俺が取ってきてもいいんだけど、今はちょっとね」

「俺が行ってくる。場所どこ？」

「うちの事務所。俺の机の、右の真ん中の、一番奥。カロリーメイトの箱があるから、それごと持ってきて」

「わかった。あ、鍵……は、借りればいいっか」

店に下りて飯塚に事情を話せば貸してくれるだろう。部外者を事務所に入れたくないというなら、頼めばいい。

階下に行き、勢いよくドアを開けると、その音に鈴の音はかき消された。

店内にいた全員が、驚いてこちらを振り返った。

「飯塚さん！　すみません、事務所の鍵、貸してください！」

「え？　鍵？」

「そうです。尾木さんが机の引き出しから持ってきてほしいものがあるって」

「あ、ああ……はいはい。じゃあ一緒に行くよ。尾木の机、わからないもんな」

「お願いします」

言われてみればその通りだ。飯塚が飲んでいたグラスを置いて立ちあがるのを入り口のところから見ていたら、樹利がカウンターにスープ皿を置いた。

「ついでにこれ持ってって。今日このひとたち残業で、時間的に尾木くんはメシまだのはずだから」

「あ……うん」

「どうせ固形物とか無理なんでしょ？」

「よくわかんねーけど、口の中かなり切ってたっぽい」

「んじゃいいよそれだけで」

「樹利さん、優しいね」

傷が残るトレイに、ラップのかけられた皿を載せた。あれからトレイは修繕《しゅうぜん》され、痕跡は残っているものの使うのに支障はなくなっている。

ちらりと目を上げると、樹利は心底困ったという表情で呟いた。

「ほんとだよ。なんで俺ってこんなに親切で優しくて、面倒見がいいんだろうなぁ。だめ野郎どものために、こんな店まで頑張ってやっちゃってさ」

店内のあちこちから、反論と罵倒とツッコミが飛んだが、樹利はどこ吹く風だ。

「それよりさ、誰かちょっと一緒についてってよ。ストレートのひと限定ね。古城さんはだめだよ。幸ちゃんにバイとゲイのコンビつけるわけにいかないからさ」

「あー、じゃ俺行くわ」

「名指《なざ》しで除外するのやめてくれないかな」

「俺そんなに信用されてないの……？」

さっき手当を手伝ったひとが席を立ち、そのすぐあとで古城が樹利にクレームをつけ、飯塚のぼやきが続いた。

三人で事務所へ向かいながら、幸はふと思う。

一日でこんなにビルの中を移動したのは初めてだ。半分くらいはエレベーターを使わなかったから、そこそこいい運動になったとも言える。食後の腹ごなしには少しばかりハードだが。

初めて入るデザイン事務所は、思っていたよりずっと整然としていた。社長である飯塚の性格がよく出ている。

「ここだよ」

「失礼しまーす」

言われた通りに、幸はスチールデスクの引き出しを開けた。こちらは引き出し内がごちゃごちゃしているが、手を入れると紙の箱の感触があった。

引っぱり出すと、目当ての黄色い箱だった。

「ありました」

多少動かしても音はしない。パッケージは開いているのだが、中身はぴっちりと入っているようだ。

「えーと……まだ顔出さないほうがいいのかな」

施錠《せじょう》しながら問われ、少し考えて幸は頷いた。

「話が終わったら呼びます」

「わかった」

幸は二人と別れ、トレイに箱を載せて診療所に戻る。尾木はベッドで横になり、伊原は机に腰かけ、有純は診療時に使っていたらしい丸椅子に座っていた。

「持ってきた。あと、これ樹利さんが尾木さんの晩ご飯にって」

「ああ、このワゴン使っていいよ」

有純は座ったまま、なにも載っていないステンレスのワゴンを押しだした。かつてはいろいろな器具が載せられていたのだろうが、何年も使っていないわりにはかなりきれいに保たれている。幸はトレイごと置くと、黄色い箱を尾木に差しだした。

「どうもね。あー、いいよ。開けて」

手を出さない尾木の代わりに、幸は箱を開けた。中には丸めたティッシュが詰まっており、埋もれるように小さな機械が入っていた。

小型のボイスレコーダーだった。

幸はまじまじとそれを見つめたあと、尾木の顔を見つめた。

「高田との会話が入ってるから。使えるようだったら、使ってくださいよ」

「これが原因か？」

伊原は幸の手からボイスレコーダーを取りあげ、指先で摘んで軽く振る。すると尾木は

苦笑いをし、浅く顎を引いた。

「いいカンしてんなぁ……」

「高田を脅したのか？」

「いや……そんなつもり、なかったですよ。ただ……会話は録音した、て伝えて……あいつを試したかった」

口元があのときのように歪んだ。自嘲するその顔は、以前高田との関係を指摘した際に見せたものと同じだった。

かつての仲間を試した結果、尾木は痛みに耐えながらベッドにいるはめになった。伊原が捕らえたあの男は、高田の差し金《がね》だという意味だった。

本当にそうなら、ひどく寂しい話だ。

「なんでそんな真似をしたんだ？」

「うーん、なんていうかな、上手く言えないけど……。昔のいいイメージってのかな、ガキのときに仲よかったこととか、そういうのがやっぱ頭にあってさ、どうしてもあいつのこと切れなかったんだよ。だからかな」

「こうなることは予想してたってことか？」

「いやー、それは……でもやっぱそうなのかなぁ。これくらいやられないと、踏ん切りつかないからな」

はは、と乾いた笑いをこぼした尾木は、す「いてて」と顔をしかめ、それから大きな溜め息をついた。

視線は白い天井を見つめている。

「これで気がすんだし、もういいや」

妙にさばさばした態度で、表情も憑《つ》き物が落ちたみたいに晴れやかだ。尾木にとっては、このために必要な荒療治《あらりょうじ》だったのかもしれない。

それからしばらくのあいだ、彼は黙りこんだ。

「あー、そうだ。忘れてた」

有純は思いだしたように椅子から立ち、カプセル二種類と錠剤をトレイに置いた。抗生《こうせい》剤《ざい》に消炎剤《しょうえんざい》、そして鎮痛剤《ちんつうざい》だと説明があった。

「有純、それどうした？　何年も前のじゃないだろうな」

「友達からときどきもらうんだよ。期限とか全然問題ないから。それ食べたら、薬飲んで寝なさい。熱が出ると思うから、なにかあったら携帯鳴らして。起きないかもしれないけどね」

有純は携帯電話の番号を紙に書いてワゴンに置いた。

「ご苦労さん」

「ほんとだよ。あー疲れた。シャワー浴びて寝よーっと。じゃ、ちょっと早いけど、おやすみー」

「ありがとうございました」

「どういたしまして」

肩をぐるぐるとまわしながら有純は診療所を出ていった。ここの施錠はどうするのだろうと思ったが、ビルのエントランスは遅くなるとロックされて関係者しか入れなくなるので問題はないかもしれない。

「あ、そうだ。飯塚さんが、さっきから来たがってたんだ。すっげー心配してたから、呼んだらきっとすっ飛んで来るよ」

「社長が？　マジで？」

「樹利さんだって、なんかいろいろ言ってたけど心配してんだよ。水とスープも樹利さんが持たせてくれたんだ」

「そっか……」

「呼んでくるよ」

「電話でいいんじゃないのか。樹利の携帯に入れとけ」

それもそうかと思い、幸は樹利の携帯電話にその旨《むね》を入れた。すぐに飯塚はやって来ることだろう。

なんだかんだで、いい上司のようだ。

「冷めるぞ、食えよ」

「あの――……伊原さん」

「なんだ？」

伊原はボイスレコーダーを手の中で転がしていて、返事はするものの尾木に視線は向けていない。それでも声の調子はいままでになく穏やかで、幸は内心ほっと息をついた。

「俺、これからもいていいんすかね」

「なんで俺に訊く」

「だって、伊原さんがだめだって言ったら、なにがどうあってもだめでしょ。ここ、そういうとこじゃないっすか」

「まったく……ずいぶんちっぽけな世界の独裁者《どくさいしゃ》だな、俺は」

ふんと鼻を鳴らし、伊原はデスクから身体を離した。そのままドアに向かうのは、帰るという意思表示だ。

肩越しに視線を送られた意味はわかっても、幸はすぐに従わなかった。ここで帰るのは気が引けた。

「帰るぞ」

「いや、でもさ」

「面会人が来た。ひとりじゃないな」

伊原が言った通り、飯塚だけでなく他になぜか三人もついてきて、診療所内は一気に騒がしくなった。みなそれぞれ手にグラスを持っている。まるで尾木を酒の肴《さかな》にしようとでもいうようだ。

「うわっ、ひでーなこりゃ。包帯と絆創膏《ばんそうこう》だらけじゃん」

「ホラーだよ、ホラー」

「大丈夫か、尾木」

「はぁ……まぁ」

「当分酒はだめだな」

見せつけるよう飲んで、野次馬たちはからからと笑う。本当になにをしに来たんだと、幸は唖然としてしまった。

そのうちに二人は酒がなくなったと言って出ていき、入れかわるように新たにひとりやってきた。彼もやはりグラス持参だ。

「なんすか、みんなして。嫌がらせっすか？」

「当たり。ほーらほら、美味いよぉ。君の好きな麦だよん」

心底楽しそうだ。手ぶらなのは飯塚だけだが、わざわざ上がって来ているのは、からかうことだけが目的ではないはずだ。

「あー……でも消毒になるかも」

「ベタだなぁ。けが人が酒飲むときの常套句《じょうとうく》だよな」

「俺も持ってくりゃよかった」

心配を前面に押しだしていた飯塚までそんなことを言いだした。

尾木は力なく笑っているものの、嫌がるそぶりは見せない。次々に来て話しかけてくれるのは気が紛《まぎ》れていいのかもしれなかった。

「なんだ、まだ食ってなかったのか。食わせてやろうか？」

「結構っす。あ……でも幸ちゃんにならー」

「ふざけんな。伊原さんにトドメさされっぞ」

遠慮のないやりとりは、これまでよりもずっと親密そうだ。すっかり尾木もここのひとという感じだった。

幸は肩を抱かれて退室を促されたが、なかなか足は進まない。すると幸の心情を読んだかのように、伊原はやんわりと言った。

「どうせ今日は夜通しだろ。お節介な連中が、代わる代わる様子でも見に来るさ。酒を持ってな」

「いいのかよ、それ」

「俺が口を出す問題じゃないだろうが。おい、どうでもいいが、けが人をちゃんと寝かせろよ」

「努力する」

飯塚の頼りない返事を聞いてから伊原は診療所を出ていきかけた。だがドアのところで振り返り、ずっとこちらを見ていた尾木と視線をあわせる。

伊原はふっと笑った。

「雇用者は俺じゃないからな。クビにならない限り好きにしろ」

直後にばたんとドアを閉め、伊原は幸とエレベーターに乗りこんだ。

相変わらず一方的な男だと思う。ましていまのは言い逃げだ。伊原に限って照れくさいなんてことはないだろうが、もしかするとあんなことを言ったのは不本意だったのかもしれない。

「伊原さんも大概《たいがい》素直じゃないよな」

「言ってろ」

伊原はそれだけしか返さず部屋に戻った。

とりあえずソファに落ち着くと、ほっと息がこぼれた。

怒濤《どとう》の数時間だった。外食から散歩がてら帰ってくるときまでは、実に穏やかな、いつもと同じ一日が終わるはずだったのに。

非日常というものは意外と近くにあるものなんだと思った。

「なんか、まだ心臓バクバクいってる気がする。もしかしたら俺もだめかもしんねー」

「うん？」

「有純さんじゃねーけど痛そうなの苦手だ」

見ているだけで自分まで痛くなってきて、どうにも落ち着かなくなる。血は平気だが、傷はだめらしいと今日初めて知った。

伊原はふーんとそっけなく相づちを打ち、隣に座っている幸の肩を抱きよせた。

「血の臭いがするな」

「マジ？　シャワー浴びたのにな」

「妙に興奮しないか？」

「ちょ……危ないこと言うなよ。ヤバイひとだよ、それ」

ぎょっとして伊原の顔を見るが、それは「ヤバイ」ものではなく、あくまで冗談めかしたものだった。

ほっとする。どうも伊原が言うと洒落にならない。

「それで、おまえは痛いのがだめなんだって？」

「うん」

「気持ちがいいのは？」

耳に囁きを吹きこんで、伊原は笑った。

ぞくりとした甘い衝動が幸の中を駆け抜け、一瞬で空気さえもが変わった。

そして理解する。血の話にしろ興奮する話にしろ、ようするに幸を誘うための言葉だったのだと。

ある意味、興奮しているというのは正しいのだ。血に対してではないが、幸も神経が高ぶっていて、このままでは眠れそうもない。

だから誘いに乗ることにためらいはなかった。

「気持ちいいのは……好きだよ」

「俺もだ」

耳元にあった唇がゆっくりと滑って唇を捉《とら》える。自然と絡む舌に意識を持っていかれながら、少しずつ幸は服を脱がされていった。

唇が首から肩で遊び、軽く歯を立てられる。

血の臭いというのが本当かどうかはともかく、あんなことを言われたあとだから、まるでこのまま皮膚を噛みきられ、血をすすられるんじゃないかという変な考えが浮かんでしまった。

もちろんそんなことはなかったのだが。

たっぷりと予告をしてから、伊原は胸にたどり着く。そこを吸われたり転がされたりするのは、やはり気持ちがいい。

「は……ぁ……」

幸は目を閉じて、身体に生まれる甘い感覚を追いかけた。

手がボトムの中に入ってくると、幸は自ら腰を浮かせて脱ぐのに協力し、両手を伊原の背中にまわす。

指先がシャツを摑みかけたとき、そうではなくて素肌に触れたいと思った。

幸がシャツだけ――しかもボタンは全開という、あられもない姿なのに対し、伊原はほとんど着衣が乱れていない。ひとりだけ全裸にされることも珍しくないのだが、とりあえず上半身だけでも伊原を裸にしてやりたかった。

うっすらと目を開け、幸は伊原のシャツのボタンを外していく。

「あっ」

脚のあいだを指で探られ、びくっとボタンを外す手が止まった。

伊原が笑う息が胸にかかった。

「なんだ、一段と敏感だな」

「そ……そうかも」

やはり気が高ぶっている影響なんだろうか。戸惑いつつもボタンをすべて外すと、待っていたように伊原は幸をうつぶせにした。

なにをされるのかはわかっていた。

腰だけ高く上げる格好で、幸は伊原が近づく気配に震えた。何度されてもこればかりは馴れるということがない。身体はすっかり行為に馴染んでいても、気持ちではやはり身がまえてしまうのだ。

尻に手をかけられ、狭間《はざま》に舌を寄せられる。

身がすくんで一瞬だけ硬くなったが、すぐに息を吐いて力を抜いた。

「ん、ぁ……あん」

温かでぬめった感触が、秘められた場所を撫でていく。頑《かたく》なさをほぐすために最初はやんわりと、それから少しずつ柔らかになっていくとみると、つつくように舐めはじめた。

ぴちゃり、と舌が湿《しめ》った音を立てた。

恥ずかしい。だがそれ以上に気持ちがよくて、幸はクッションに上半身を埋めて甘い声を上げた。

尖らせた舌が入りこんでくるのがわかる。指で開かされるのとは違う感触だ。内側から崩されていくのを、より生々しく感じられる。

「や……ぁっ」

身体を中から舐められるのは、身体よりも心への刺激が強かった。こんなに無防備なことはないだろうと、いつも幸は思う。

やがて十分にほぐれたところに指があてがわれた。

軽く指の先を動かしながら、伊原は幸の中へそれを潜りこませた。舐めて濡らしたのか、抵抗なくそこは異物を呑みこんでいく。

少し冷たい。だが幸の熱を吸って、指は少しずつ温まっていった。

ゆっくりと抜き差しを繰りかえされると、自然に腰も揺らめいた。じわじわと快感がせりあがってきた。

「あっ、ぁう……ん、んん……」

「どうしてほしい？」

後ろを探りながら、伊原は耳元に魅惑的な声を吹きこむ。自分の囁きがどれだけ幸の官能に訴えるかを知っているのだ。

悔しいことに、幸はきゅっと指を締めつけてしまい、伊原の思い通りの反応を示してしまった。

「ぁあっ……！」

中でぐっと指を曲げられ、悲鳴じみた声が出た。

「ここがいいのか」

「ひ……っ、い……やぁ……」

射精感を直接煽《あお》るような動きに、腰が捩《よじ》れた。這《は》って逃げようとしてもソファでは逃げる先もないし、そもそも伊原が許してくれない。

閉じることを忘れた唇からは、ひっきりなしに泣き声に近い嬌声《きょうせい》がこぼれた。クッションに立てた爪は深く食いこんでいた。

上からのしかかるようにして幸を押さえこみ、後ろを容赦なく弄《いじ》りながら、伊原はうなじに噛みつくようなキスをした。

「い……く、だめ……汚れ、る……」

「それもそうか」

あっさりと弱い部分を弄るのをやめて、伊原は代わりに指を増やして繰り返し後ろを穿《うが》った。彼は指だけで幸をいかせることができるが、いまはそのつもりがないようだ。ときおり指を深く入れたまま止め、シャツ越しの背中にキスされた。

内側から擦《こす》られるのは気持ちがいい。増やされた指にも抵抗感は覚えなくなり、幸は夢中になって快楽を貪《むさぼ》った。

だがいつものように、やがて幸はものたりなさを覚え始める。もっと刺激が欲しくなる。伊原がそういうふうにしているのだろうが、焦《じ》れったい感覚は時間とともに強くなっていくのだ。

幸は肩越しに伊原を見つめた。

言葉にしなくてもわかっているはずなのに、伊原はゆっくりと動かしていた指を引き抜いただけだった。

沈黙が故意に作られる。幸の中の熱は行き場を失い、もどかしさにじっとしていられなくさせた。

「上手に誘えたら、続きをしようか」

笑みを含んだ声と一緒に、膝の裏から尻までを撫でられた。

幸は当惑した。誘えなんて言われても、どうしたらいいのかわからない。ストレートに口にすればいいのだろうか。だが言葉にするのはどうにも恥ずかしい。欲しいとか入れてくれだとか、もっと理性が飛んでいるときならば言えもするが、正気づいてしまった今は無理だ。

もっとも伊原は故意に幸の意識を会話に向けさせたのだろうが。

少し考えて、幸は身体を起こし、ソファから下りた。そうして床に身体を落とすと、伊原の足下に膝をつく。

「なんだ、してくれるのか」

「……うん、まぁ……」

伊原の顔は見ないようにしながら、彼のベルトやボトムのボタンを外した。だめならばストップがかかるだろうと思っていたが、それはなかった。

ためらいながら晒《さら》したものに、おずおずと顔を寄せる。いきなり口に含むことはできなかったので、最初はそうっと舐めてみた。

自分から伊原に奉仕《ほうし》するのは初めてだ。今まで求められもしなかったが、やめろとも言わないのだから、問題はないのだろう。

「無理するなよ」

「ん……ん、ふ……」

形をなぞって舌を動かすと反応があった。それが嬉しくて、幸はそっと口腔《こうこう》に伊原のものを含んだ。

あまり深くまでは無理そうだった。反射が起きてしまいそうになる。それでもいつもしてもらっていることを思いだしながら、幸は歯を立てないように注意して前後に伊原のものを扱《しご》いた。

口の中で好きな男の身体の一部が変化していくことに、幸は奇妙な興奮を覚える。もう余裕なんてまったくない。それでも伊原が感じてくれているのが嬉しくて、こうなった触れられていないはずなのに身体は熱いままだ。

らいかせてやれとばかりに幸は拙《つたな》い愛撫を続けていた。

だが伊原は反応はしても、達しようとはしなかった。感じてはいるらしいが、やはりそこそことということなのか。

ちらっと上目遣いに伊原を見ると、思わずといったような苦笑が降ってきた。

「フェラしながらそういう目をされると、クルな」

「んん？」

「もういい」

頬に手を添えられ、顔を離される。口角から伝い落ちる唾液を拭った指先を、伊原はためらうことなく自分の舌で舐めた。

ひどく官能的なしぐさだ。見ているだけでぞくぞくした。

「こんなことまで教えた覚えはないんだがな」

「……引いた？」

恐る恐る尋ねる幸は、いきなり鼻を摘まれて目を瞠った。どうやら否定してくれたのだと気づいたのは続く言葉のおかげだった。

「まさか。一生懸命でヘタクソで、可愛かった」

「なんか、嬉しくねーんだけど……」

けなされているのか褒められているのかわからない。だが伊原が喜んでくれているのは伝わったので、まぁいいかと思った。

「ま、これもすぐ覚えるだろ」

大きな手で頬を撫でられるのは気持ちがいい。うっとりと目を閉じそうになったら、ぐいと腕を摑んで引っ張られた。

「あうっ」

さっきと同じようにうつぶせにさせられ、一息に貫《つらぬ》かれる。衝撃はあったが、それは大きな苦痛ではなかった。

小さな悲鳴は、すぐに濡れた嬌声へと変えられていった。


「あっ、あ……！　ん、あん」

甘い声が、心地よく耳をくすぐる。

伊原は細い腰を掴み、幸の身体を揺さぶりながら何度も突いた。

腰を打ちつける音がリビングに響き、ソファもかすかな悲鳴を上げている。

激しくなっていることは自覚していた。そして今は自制心というものが働いていないことも承知していた。

興奮していると言っていたのは、あながち嘘でもないのだ。

「あぅ……っ」

クッションを握りしめていた手を取り、後ろに引っ張ってやる。わずかにのけぞった上半身はしなやかで、たまらなく艶《なま》めかしい。

そのまま引きよせ、背中から抱きこんだ。シャツの衿《えり》を噛んで引き下ろすと、薄い肩が剝きだしになった。

肩胛骨《けんこうこつ》に舌を寄せ、引きずり下ろしたシャツで幸の腕を後ろ手に縛る。

はっと息を呑むのが聞こえ、幸は躍起《やっき》になって腕を動かした。だがそのくらいでほどけるようには縛っていない。袖口《そでぐち》のボタンが留まっているからなおさらだ。

「やだよ、これ。ほどけって……！」

「半袖を着てればよかったな」

耳に笑みを吹きこんで、伊原は後ろから幸の胸に手をまわす。きゅっと乳首を摘むと、後ろは健気《けなげ》に伊原を締めつけてきた。

「ぁんっ」

こういうふうに仕込んだのは伊原だ。男どころかセックスも知らなかった身体を、自分好みに作ったのだ。

「自分で動けるだろ？」

軽く突きあげて促しながら、もう一方の手で幸自身を包み、ゆっくりと扱いてやった。強い刺激はいらない。そのほうが幸は焦れて我慢できなくなる。

「は……ぁ、んっ……あん」

覚えのいい身体は、すぐに自ら上下に動き、快楽の続きを追い始めた。結合部分から、いやらしい音を立てて、夢中になって腰を振った。

勉強にしろ料理にしろ、幸は呑みこみが早い。それはキスでもセックスでも同様だった。

まっさらな状態からここまでになるのは案外早かったと思う。

キスを覚え、セックスを覚え、なにより愛されることを覚えた。

伊原のための、極上の心と身体がここにあった。

「お、く……奥まで、く……る。あ……ぁんっ、い……い……」

惜《お》しげもなく晒される媚態《びたい》にぞくぞくする。

セックスのときはいつも、優しくしたい気持ちと無茶苦茶にしてやりたい気持ちがせめぎあい、コントロールが利かなくなった。

だがこんなふうになるのは幸が初めてだった。自分の中に凶暴な衝動があったことにも気づいていなかったくらいだ。

男にしては細い首に、何度嚙みつきたいと思ったか知れない。

だが今はキスだけに止めた。すべらかな肌は触れているだけで心地よかった。

手の中で反応している幸のものは、先からじわりと密を滲《にじ》ませ、早くいきたいのだと訴えてくる。その滴《しずく》を掬って全体に塗りこめるように動かすと、よほど気持ちがいいのか鼻にかかった甘ったるい声を上げた。

「いきそうか？」

「う……んっ、あ……ぁあ！」

先端のくびれを指先でやんわりと抉《えぐ》ると、ひときわ高い声を放って伊原の手の中でいってしまう。

伊原は弛緩《しかん》した幸の脚を抱え、しばらく待ってから身体を揺らした。そして何度も何度も突きあげた。

「や、っぁ……深、い……」

幸は伊原の腕に摑まり、びくびくと全身を震わせる。

いまは顔を見ることができないが、きっといい顔をしているのだろう。見られない分は、声で堪能《たんのう》することにした。

もちろん自分の上で乱れる肢体《したい》もだ。

柔らかな内部は伊原に絡みついてくるかのようで、深い快楽を与えてくれる。そのくせ心地いいほどの抵抗があるのだ。それをこじ開けていくのがまた快感であり、伊原のオスの部分を大いに満足させてくれた。

幸の身体と媚態に誘われて、伊原の終わりも近づいていた。もちろん一度目の終わりという意味だが。

「幸……」

「あ、あぁっ、や……!」

抱えた身体を落とし、自らも突きあげて、甘い悲鳴を上げさせる。心地いい締めつけに、伊原の欲望は弾《はじ》けていく。

断続的に注《そそ》がれるものを内部で受け止め、幸はすすり泣くようにして喘《あえ》いだ。力をなくして、ぐったりともたれてくる身体を抱きしめる。鼓動《こどう》まで聞こえてきそうだった。

幸を抱えたままソファにもたれ、互いの呼吸が落ち着くのを待った。

やがてもぞもぞと幸は腕を動かした。

「もういい……だろ？」

「痛いか？」

「いや、別に痛いとかじゃねーけど」

布地が柔らかな綿《めん》だからか、それとも負荷《ふか》が浅く広範囲にかかるように縛ったからか、とりあえず痛みはないようだ。

ならば、と伊原は幸を膝から下ろしてやる。繋がっていた部分が離れていくとき、幸は小さく甘い喘ぎをもらした。

それからすぐに、伊原は幸をひょいと腕に抱いた。

「え……なに？」

「せっかくだし、風呂に入ろうか」

歩きはじめると、幸はいきなりじたばたと暴れだした。自分が宙に浮いていることはまったく考えていないようだ。

「な、なにがせっかくなんだか全然わかんねーよっ」

「細かいことにこだわるな」

「意味わかんねーっ。下ろすか外すかしろって！」

「ああ。風呂場で下ろすし、もう少し経ったら外してやる」

「な……」

文句を言いかけた口をキスで塞いで黙らせる。なにを言われたところでやめる気はなかった。

ここ数日は毎日暑い。確か梅雨《つゆ》入りしたとニュースで見たはずなのだが、気象庁が宣言した途端の空《から》梅雨となっていた。

事件が起きた日は少しずつ遠くなり、あたりまえの日常が戻ってきていた。警察沙汰《ざた》にもなっていないので正しくは事件と言わないのだが、幸にとっては間違いなく事件だったのだ。

「あー美味い！　幸ちゃん、辛《から》さちょうどいい」

早めの夕食を取っている尾木はご機嫌だ。自分でリクエストしただけに、嬉しさもひとしおらしい。

もっと早くに作る予定だったのだが、口の中の怪我が治るまでは尾木がつらいだろうと思い、今日になった。

尾木の怪我は、まだ完治には至っていないが、風呂以外の支障はさほどないそうだ。見た目もマシになっている。

傷だらけのあの格好で外へ出たらいろいろまずいだろうということで、尾木はここのところずっとビルの中にいたのだ。アパートから飯塚が着替えを持ってきて、診療所で寝泊まりし、風呂は有純や樹利のところを借りていた。熱が出たこともあり、さすがに翌日からの二日間は休んだが、三日目からは仕事もしていた。曰《いわ》く、通勤時間が限りなくゼロに近いので快適だそうだ。

「なんかもう、このままここに住んじゃいたい」

「甘い甘い。そろそろあそこは閉めるから」

「えー、いいじゃん。だって診療所ってもう使ってないんだろ？　風呂はこれから外に行くしさぁ。ほんと快適なんだよ」

「快適なのは、幸ちゃんとか俺とか兄貴が、あんたの世話をしてあげてるからです！　信じらんないよほんとに。朝だって幸ちゃんにご飯めぐんでもらってさー。幸ちゃん、ちょっと甘やかしすぎだよ」

「けが人だしさ」

幸は夕刊を広げ、隅々まで見出しをチェックしてから、いくつか記事に目を通した。そうしてふっと息をついて新聞を畳む。

樹利はまだなにか尾木に文句を言っていたが、楽しそうなので放っておくことにした。

「俺、帰るね。お疲れさまー」

「はいはい、また明日」

数人に見送られて最上階に戻り、有純に挨拶してから伊原のパソコンを開いた。勝手に使っていいと言われているものだ。

「そうだ、有純さん。尾木さんがさ、診療所に住みたいって言ってた」

「馬鹿言ってるよ。よし、明日追いだそう」

決定権は有純にあるらしい。となると尾木にとって今晩が最後の「快適生活」なわけだ。あとでメールでも打って教えておいてやろう。

有純は食事の支度を終えると、仕上げを幸に託して帰っていった。今日は友達と飲みに行く用事があるそうだ。

ひとりになった部屋でインターネットをやっていると、しばらくして玄関から音がした。伊原の帰宅だ。

「最近、熱心だな」

確かにパソコンに向かう時間は以前より増えていた。もちろん無意味にそうなったわけではなく、理由があった。

「まぁね」

「エロサイトでも見てるのか？」

「ばっ……馬鹿じゃねーの！　そんなわけねーじゃん！」

「十七のガキの行動としては普通だと思うがな。ま、おまえはエロサイトなんか見る必要もないか。欲求不満になる暇もないだろうからな」

「……ほんとだよ」

おかげさまで自分で慰める必要もない。したくなくてもしたい気分にさせられてしまうくらいなのだ。

幸は溜め息をついてパソコンの電源を落とすと、食事の用意のためにキッチンに入った。

「あのさ、ボイスレコーダーってもう葛西さんに渡ったのかな」

「ああ、とっくにな」

あの翌日に、伊原は葛西の秘書と連絡を取りあい、ひそかに会って現物を渡しているのだった。普通に考えたら葛西の手に渡るのに何日もかかるはずがない。わかっていたが、確認したかった。

「葛西さんは、どう使うんだろ」

「高田の首根っこを押さえるんだろうな。もう使ったんじゃないか」

「それだけなんだ」

拍子抜けしたというのが正直な感想だった。てっきり高田に辞職を促したり、政敵に圧力をかけたりするものと思っていた。ようするに派手な展開を期待していたわけだ。

伊原は微笑ましげに笑っていた。

「まぁそう言うな。妥当《だとう》なところだろうさ。葛西さんにしてみれば、目障りじゃなくなればいいってことなんだろうしな」

「ふーん」

せっかく毎日ニュース番組や新聞を見て、インターネットでも政治に関する記事に目を通し、なにかそれらしい変化がないのかと期待していたのに。

だが伊原が言うように、そんなものかもしれないとも納得した。

「俺も依頼を果たせたし、万々歳《ばんばんざい》だ。おまえの手柄《てがら》だな」

「は？」

「尾木がボイスレコーダーを渡したのは、やつが高田よりこっちを取ったからだろ。そういう意識にしたのは、おまえの影響が大きかったと思うがな」

「はぁ？　なに言ってんだよ。違うだろ？　樹利さんとこで集まってワイワイやってて、楽しいって思ったんだよ。ここが好きだって言ってたしさ」

「変なのをまた懐かせやがって」

「俺の話聞けって！」

故意にひとの話を聞き流しているから余計に始末が負えない。

「どんどん人数が増えやがる」

「にぎやかでいいじゃん。伊原さんだって、そのほうが楽しいだろ？」

「なんだよ、それは」

「伊原さんも寂しがりやだって、古城さんが言ってたよ」

「あの悪徳弁護士が」

舌打ちのあとで、伊原はそう吐き捨てた。苦虫《にがむし》を噛みつぶしたような顔というのはこのことか、というような顔だった。

図星がどうか知らないが、少なくとも大きく外れたわけではなさそうだ。

「なんかさ、やっぱ寮とか下宿屋っぽいよな」

「胡散臭い連中専門の下宿屋か」

「そうそう」

「なるほどね。ファミリーで経営してるわけだな。俺はなにもしてないが、おまえと有純と樹利で」

「……ファミリー……」

幸は手を止め、伊原を見つめた。

以前から幸の中では勝手にそんな感覚を抱いていた。自分たちと嶋村兄弟は家族みたいなもので、常連たちは気のいい親戚のひとたちで――。

だが伊原からそんな言葉が出るとは思わなかった。意外であり、それ以上に同じように感じていたのが嬉しかった。

「家族みたいなもんだろ？　有純たちだってそうなんじゃないか。あいつ、確か身内がどうのこうの言ってたしな」

「言ってた……けど」

「なんだ、迷惑そうだな」

「まさか！」

慌てて言ってから、いまのは誘導尋問《ゆうどうじんもん》だったと気がついた。伊原がそういう意味ありげな顔をしていた。

「だろ？　おまえと俺は、恋人同士でもあるが、家族でもあるんだよ」

「うん」

「だから、いちいち遠慮なんかするな」

「う……うん……？」

なんのことを言われているのか、すぐには理解が追いつかなかった。いままでの話の流れで唐突に遠慮なんて言葉を出されても、言わんとしていることがわからない。

とはいうものの、考えはじめたらすぐに思い至った。

以前から幸がいろいろと——特に金銭面での負担を気にしていたことだ。すっかり忘れたような顔をしていながら、伊原はしつこく覚えていたようだ。

「どうせ大人になったら嫌でも働いてもらうからな。今は、そのために可能性を磨いておけばいいんだよ」

「それって、伊原さんとこで働くって意味？」

「悪いがお断りだ。ま、どうしてもって言うなら、考えてやらんでもないけどな」

「じゃあさ、こうしよう」

幸はキッチンから出て伊原の元へ行くと、その正面に座った。ソファの正面だから、床に正座する形だ。

「おい」

「一応、将来設計があるんで聞いて」

伊原は意外そうに眉を上げたが、すぐに表情を和らげた。

「わかった。聞いてやる」

「俺、公認会計士目指す」

「へぇ……それはまた、志《こころざし》が高くていいじゃないか」

公認会計士といえば、弁護士や医師と並ぶ三大国家資格だ。当然資格取得も超がつくほどの難関である。そのわりに一般的な認知度は低く、税理士と同じように思われがちだが、幸にはそんなことはどうでもよかった。仕事相手である企業がこちらを認知していればいいことだ。

「それで、伊原さんの会社、プライベートでみてあげてもいいよ」

「は？」

「だっていま、有純さんと古城さんがみてるんだよね？　それ、俺がやる。やりたい。資格取らないうちでも、勉強始めたらできるからさ」

「やりたいって言われてもな……」

「それに、考えてみなよ。俺が公認会計士になったら、三大資格そろい踏みってやつだよ。

それってちょっと面白くね？」

そうなのだ。どうして会計士になろうと思ったかといえば、理由はそれだった。なにか資格が欲しいと思っていろいろインターネットで調べていたら、三大難関国家資格を知り、そのうちの二つが、このビル内にすでにあることに気づいた。だったら自分がなってしまおうという、実に単純な発想なのだった。

当然これから相当の努力が必要なわけであるが。

伊原は笑いを堪《こら》えているような顔をして、幸の頭をぽんと叩いた。おそらくこれは「家族」としての行為だ。

「ま、頑張れよ」

「うん。そうしたら俺が伊原さんを養《やしな》ってやるからさ」

「そりゃ、ありがたいな」

本気ではないのが丸わかりの態度で伊原はキッチンに入っていく。どうやら珍しく支度を手伝ってくれるらしい。

一緒にキッチンに立ちながら、ふと視線を感じて見あげると、伊原がもの言いたげな顔をして幸を見ていた。

「なに？」

「恋人の部分も忘れるなよ」

「っていうか、伊原さんいつも思い知らせてくるじゃん」

忘れるどころか、言葉と身体の両方で、愛情だとか欲望だとか執着だとかいったものを、嫌というほど突きつけてくるではないか。

暗《あん》にそう返すと、納得したらしく伊原はふっと笑みをこぼした。

「そうだったな」

「たまには一週間くらい忘れたっていいよ」

「そうはいくか」

「よし、できた」

聞こえないふりをして、皿にメインディッシュのポークピカタを盛りつけ、そのまま伊原の顔を見ないでテーブルへと運んでいく。

きっと今夜も思い知らされるのだろうなと思いつつ、幸は皿を置いて伊原を振り返った。

あとがき

こんにちは、きたざわです。

年の差カップルと、巣窟ビルに住まう人々の話でございました。しかも今回さらに増えてます。世間はいろいろと世知辛《せちがら》くても、ビルの中はぬるーい空気が漂っているので、一度居着くとなかなか出て行けないという……（笑）。幸《みゆき》はこんな感じで大人たちに囲まれつつ、ゆっくりと一番まともな大人になっていく……はず。

気がついたら幸がお花ちゃんポジションになってしまってたんですが……イラストを見ていただけたら納得ですよね。とっても綺麗〜。今回も紺野《こんの》けい子《こ》様には、すばらしいイラスト描いていただけて嬉しいです！　伊原《いはら》も格好いいです、たまらんです。ありがとうございました！

樹利《じゅり》を取りこぼしてしまったことが心残りであり、反省点でございます。いや、イラスト位置候補というのを見て、「OKです」とか「ここを別のところに差し替えて……」とか、こちらが言うわけですが、そのときに樹利が入っていないことに、私まったく気づかなかったんですね。

　あ、ところで私にはキャラの姓を決めるとき、かなり適当にやることが多いので、同じ名前があちこちに出てきたりしてます。で、今回もですね、担当さんから「この尾木《おぎ》は、以前出た尾木と何か関係が……？」と言われ、そこで初めて気づきました……というか、知りました。どの作品のどんなやつか言われても、なおピンと来なかった私はかなり失格です……。

　なんでこんなことになるかと言うと、テレビに映った人とか、そこらへんに置いてあるものを見て、何も考えずにつけてしまうからです。だから同じ名前が何度も登場しちゃう事態もしばしば起こるわけです。特に脇キャラだったりすると、書き終えたそばから名前を忘れていくので、こういうことが頻発《ひんぱつ》しております。

　内緒の話ですが、とある姓はここ一年ちょっとで少なくとも三回は使っちゃってます。そのうち一回は主人公です。ある話で主人公姓かと思うと、別の話では悪い役の人だったり……。まぁ誰も気にしないだろうけど、一応気をつけることにします。そういえば昔、読者さんから「名前の使い回しはしないで」みたいなお手紙をいただいたんですが、そういうことだったのかなぁ……？

というわけで、今回の尾木は、前にどこかで出てきた尾木とは違う人です。なんか仕事も似たようなものだったらしいぞ。うわー、びっくり。↑自分では確認していないので、担当さんから聞いたままの情報です。

いやまぁそれはともかく、現在欲しい電化製品が三つほどあるんですよ。急を要するものはないので、カタログだけもらってきて、なんとなく気が済んでしまっているというか。あ……でも不便なものは一つあるんだった。電話。子機が壊れてるんで子機だけ買おうかと思ったら、驚くほど高かった。もう新しいの買ったほうがいいんじゃないのってくらい。いまだに感熱紙のファックス使ってるんですけども……。

そんなことはともかく。ここまで読んでくださった皆様、どうもありがとうございました。なんとか頑張って、これからもいろいろな話を書いていこうかと思います。

きたざわ尋子《じんこ》

Hanamaru Bunko

作家・イラストレーターの先生方へのファンレター・感想・ご意見などは
〒101-0063 東京都千代田区神田淡路町2-2-2
白泉社花丸編集部気付でお送り下さい。
編集部へのご意見・ご希望などもお待ちしております。
白泉社のホームページはhttp://www.hakusensha.co.jpです。

白泉社花丸文庫
猫は幸福で出来ている

2008年6月25日　初版発行

著　者　きたざわ尋子 ©Jinko Kitazawa 2008
発行人　藤平光
発行所　株式会社白泉社
〒101-0063 東京都千代田区神田淡路町2-2-2
電話 03(3526)8070(編集) 03(3526)8010(販売)
印刷・製本　株式会社廣済堂
Printed in Japan　HAKUSENSHA　ISBN978-4-592-87558-1
定価はカバーに表示してあります。

好評発売中　花丸文庫

★純愛系スウィート・スキャンダル。

伝える指先

きたざわ尋子　イラスト＝高嶋上総　●文庫判

化粧品会社社長で恋人の矢崎との同居生活も順調な慎弥。塾の講師となった真弥の教え子で、中3になってますます叔父・矢崎に似てきた大輝に慕われていたが、キスの現場を撮影されて脅される羽目に…!?

★この部屋を出たら他人…シークレット・ラブ！

推定・恋人

きたざわ尋子　イラスト＝高座　朗　●文庫判

親戚から受け継いだ莫大な財産の一部をだまし取られて以来、人に警戒心を抱く智史。素性を隠し、ただの学生としてカフェでバイトしていたが、店の常連で正体不明の美形・高原と関わるように…!?

好評発売中　花丸文庫

★オトナの味♡濃厚ラブロマン。

モノクロームの契約

きたざわ尋子　イラスト＝藤崎こう　●文庫判

過剰な干渉をする同居人との生活を解消しようとしていた大学生・瑞保。そんな折、「住むところも与える」という会社に採用されるが、その創業者で若くして身を退いている神野に気に入られてしまい…!?

★濃厚ラブ♡神野&瑞保シリーズ。

デリケートな挑発

きたざわ尋子　イラスト＝藤崎こう　●文庫判

大学生の瑞保が執着心の強い元恋人・亘と別れて、アルバイト先の会社の創業者・神野と暮らし始めて3か月が過ぎた。だが諦めきれない亘はいまだに瑞保の周辺を嗅ぎまわっているようで…!?

好評発売中　花丸文庫

★よみがえる想い。男たちのパッション！

手に負えない激情

きたざわ尋子　イラスト＝ジキル　●文庫判

大学生の望巳は、バイト先で高校の後輩・水原と再会。水原は上京する前に一度だけ、自分を抱いた相手だった。本気にはならないと言いつつ意味ありげな態度を取る彼に、望巳は翻弄されて…!?

★抑えきれない激情、そして迷い…暴走ラブ！

あふれていく鼓動

きたざわ尋子　イラスト＝ジキル　●文庫判

高校の後輩・水原とつきあい始めて以来、彼の身勝手さに振り回される望巳。実は水原の方も、望巳の憧れである従兄弟に嫉妬していた。一方、二人のバイト先では常連客が望巳に親しげな態度を…!?